LE PETIT ROI

Une première édition du *Petit roi* a paru
aux éditions Phébus en 1998.

Illustration de couverture
Night Flower, Martín Zanollo

Mathieu Belezi

LE PETIT ROI

roman

LE TRIPODE

Ô mère dont les mains quiètes reposent sur le giron à plat
J'ai vu scintiller mon ombre dans le cercueil de tes yeux
Et s'y débattre le morveux empiégé comme un rat !

LOUIS-RENÉ DES FORÊTS

Finissons-en.

Mon père ou ma mère, un jour de valse, serra un peu plus fort qu'il n'était permis le corps dansant de l'autre. Cela suffit. Au temps où la province ne rêvait que de mariage, un rien était prétexte.

C'est dans cette étreinte de bal que commence l'idée de mon existence.

J'ai douze ans et quelques heures. Je viens d'enfoncer le poing dans la crème Chantilly d'un gâteau d'anniversaire. À présent la voiture de ma mère s'éloigne, et je demeure sous le tilleul à tenter de comprendre ce qui n'est pas compréhensible. C'est un soir d'août, roussi de chaleur, qui donne envie de pleurer.

La ferme de mon grand-père est à flanc de colline. Un chemin de châtaigniers y monte, semé de traîtres cailloux gros comme le poing. Ici les ciels sont écurés par un mistral qui n'a pas la main légère. Il en résulte des bleus intenses, tant crus qu'ils indisposent. Partout ce ne sont que chênes-lièges, garrigues, rochers qui affleurent et saboulent le paysage. Dans ce repli de terres pauvres ma mère m'abandonne.

Mon grand-père me montre la chambre de son frère ; et celle du commis qui est parti louer ailleurs ses bras. Je n'ai qu'à choisir.

Seul, dans la nuit noire de suie et de fantômes, sous la naphtaline des draps, je garde les yeux ouverts jusqu'à l'aube. Humilié par la peur dont je ne peux me défaire. Il faut l'arrivée par les persiennes d'un demi-jour d'église pour que je trouve le courage de clore les paupières sur ma propre nuit, dansante d'étoiles et peuplée d'anges, et qu'enfin, après tant de frayeur, une aile blanche m'étourdisse de sommeil.

J'ai tant de raisons de pleurer que je ne pleure pas. On m'a dit que je vivrais deux ans avec mon grand-père, peut-être trois. Qu'ai-je fait pour mériter cet exil ? Je suis enfant et je me crois coupable de tout.

C'est le matin, au-dessus de moi des éclisses de soleil traversent la chambre. Une poussière d'armoire et de tapis baigne dans cette lumière. Rien ne bouge. Si ce n'est les toiles tendues des araignées actives. Je sors du lit, alourdi de cauchemars, et sur mes jambes qui titubent je contourne les meubles pour ouvrir la fenêtre et pousser les volets. L'éclat du jour m'aveugle.

Une main en visière à mon front, je regarde ce qui sera mon royaume, puisque je n'ai pas le choix. Les rangées de cerisiers, le carré d'herbes folles, le poulailler. Près de la grange qui fait un angle, la plainte musicale du tilleul où s'épuisent les cigales. Et plus loin, contre la haie de cyprès, le potager. L'évidence des choses me surprend, moi qui viens de la ville où tout est flou.

Des mouches bourdonnent dans l'odeur de mon sommeil, une abeille se faufile entre le mur et moi, fait l'inspection des meubles cirés, repart comme elle est venue. J'avance la main, touche le rebord de pierre qui s'effrite. Sous les squames arrachées s'agitent des fourmis rouges. Je les écrase une à une ; les deux dernières m'échappent en disparaissant dans la fente d'un moellon.

La chasse aux fourmis m'a donné chaud. La sueur ruisselle à mon front, me brouille la vue. Je l'essuie d'un revers de manche

Mathieu, réveille-toi mon grand

j'ouvrais les yeux sur sa moustache brune, ses pupilles joueuses, son visage qui se penchait et m'embrassait deux fois, pendant que sa main me secouait tendrement l'épaule

C'est l'heure

il sentait la mousse à raser et le tabac brun des Gauloises.

Le jour d'été devant moi est comme un puits. Qu'est-ce que je peux faire à présent que les fourmis sont mortes ? Tant que je m'occupe j'oublie ce que je suis.

Par la porte de ma chambre, mal fermée sans doute, le chat s'est faufilé, sautant sur le lit avec l'idée de jauger mon humeur. Et comme je ne crie pas, il s'enhardit, vient frotter l'angora de son poil aux os rugueux de mes jambes. Je l'attrape par les pattes, le serre contre ma poitrine. Instinctivement mes mains se font tendres, et je ne peux éviter les larmes qu'en basculant dans la cruauté. Je laisse choir le chat et d'un coup de pied l'envoie cogner contre l'armoire.

J'écoute les miaulements qui se prolongent jusqu'au bas de l'escalier, satisfait retourne à la fenêtre, montre un visage provocateur et teigneux. Au zénith passe un unique nuage, pommé comme un chou ; et le silence qui l'accompagne en dit long sur les lâchetés du ciel.

Il va, des pommes de terre aux tomates, et des tomates aux haricots. Il traque la mauvaise herbe, la limace, le doryphore. De ma fenêtre je crie :

— Papé !

Ma voix de fille n'atteint pas la grange, tôt étouffée par l'écran d'une végétation assaillie de cigales. Il me faut passer un short et une chemise, descendre l'escalier, traverser la cuisine aux relents de graisse chaude, marcher dans la lumière piquetée d'ombre jusqu'au jardin.

Il ne m'entend pas venir, il n'a aux oreilles que le bruit de l'eau, cette eau froide de la montagne que des canaux conduisent jusqu'aux cultures. Avec un louchet il la guide, colmate ici, ouvre là une brèche, invente des stratégies d'arrosage.

Arrivé contre lui, contre son bleu de chauffe qui sent la sueur, je le prends par la taille, tandis que ses gros doigts terreux farfouillent dans mes cheveux.

— Papé ?

— Oui, répond-il.

Trois mois passent. Le ciel se refroidit. Comme devant un tableau noir, j'apprends la terre et ses manigances.

Derrière les vitres, je regarde comment le vent s'y prend pour dénuder les arbres. Il n'a besoin que de son souffle et d'un peu de rage. Voilà : il dévale à toutes jambes le flanc des montagnes, au-dessus du toit laisse échapper un grondement de loup, s'engouffre dans le tilleul, s'y agrippe et le déchire ; comme si l'arbre n'était rien ; et quand il reprend sa course, quand tous ses muscles l'entraînent vers d'autres proies, il a dans la gueule une brassée de feuilles.

Ainsi trois jours suffisent à dépouiller les arbres. Tilleuls, châtaigniers, cerisiers montrent leurs os. Et les forêts mises à nu regrettent leurs légendes enfuies. C'est l'hiver.

Au ciel les oiseaux privés de nids battent continûment des ailes.

Le collège est un ancien hôpital des Pères Blancs. Tout de rigueur et d'ennui. Aux façades les fenêtres montrent l'austérité monacale de leurs vitres. Dans la cour les platanes ont l'air d'être à genoux. Il y fait froid et obscur.

Je ne suis pas un bon élève. Plus exactement je ne veux pas l'être. Sur l'estrade j'estropie les vers de Lamartine, les trousse à ma façon, cavalière et irrespectueuse. J'ai les rires pour moi. Mais aussi la férule du père Tronc qui ne plaisante pas avec la poésie.

Devant le Christ crucifié, je fais pénitence. J'attends des heures, dans le silence recueilli d'une chapelle qui sent la myrrhe et l'étable. Pour me distraire, je n'ai d'autre recours que de suivre les miracles de Jésus qu'illustrent les vitraux enflammés de lumière. C'est un spectacle qui ravit mes yeux d'enfant, tant privés de féerie. Par intervalles quelqu'un ouvre une porte derrière moi ; puis la referme. Si on espère une faiblesse de ma part, on se trompe.

Je me venge sur les faibles, à l'heure des récréations. Je n'ai pas mis longtemps à trouver mon souffre-douleur, une tête chafouine qui fréquente les premiers rangs. Je saisis l'élève par le col de son blouson et l'entraîne malgré ses pleurs derrière la remise. Je ne supporte pas qu'il fasse le malin en classe, qu'il réponde aux questions des maîtres. Je le gifle pour qu'il se taise

Ne me prends pas pour une idiote, je sais où tu étais hier soir

depuis la chambre où je jouais avec mon train, j'entendais leurs éclats de voix

Oui, je sais où tu étais, salaud

et puis venaient le bruit d'une chaise renversée, les cris de ma mère, et mon cœur se mettait à battre si fort que je ne pouvais plus jouer.

Il s'appelle Parrot. Je le bourre de coups de poing et de coups de pied. Il se laisse faire, ne pense jamais à se défendre. Et aux autres, qui se moquent de lui, il raconte que nous sommes amis.

Un soir, à la sortie de l'école, Parrot veut m'accompagner. Notre route est la même jusqu'au croisement, mais je n'accepte qu'à la condition qu'il me prête son vélo. Sur le Peugeot rutilant je fais le fou, roule dans les fossés gorgés d'eau, escalade les talus, dérape sur les gravillons. Contre une borne que je ne peux éviter, je plie la roue avant.

De la ferme au collège il faut compter huit kilomètres. C'est loin. Sur le vélo de mon grand-père et dans le vent d'hiver qui me retient, je serre les dents, maudissant l'obligation d'apprendre le pourquoi des choses.

— Attends la neige, dit mon grand-père.

Il n'a jamais mis les pieds dans une église, et ce collège de curés où ma mère m'a inscrit ne lui dit rien de bon.

Lorsque la neige promise est là, je comprends.

— Elle va tenir longtemps ?

— Plusieurs jours, répond mon grand-père en rigolant.

Ça nous fait à tous les deux quelques jours de vacances.

Nous creusons à la pelle un chemin qui conduit de la cuisine à la grange. Et par ce chemin nous transportons dans nos bras les bûches. Chacun à son tour. Parce que la cheminée est dévoreuse de bois et qu'il fait bon rester contre sa flamme l'entière journée.

À la lumière fauve de l'âtre mon grand-père fume ses maïs, et moi je lis les voyages de Colomb. Quand je le lui demande, il sort le jeu de dames et nous jouons.

— C'est quand même mieux que l'école, dit-il d'un œil canaille.

Je secoue la tête, comme un âne satisfait de son sort. Mais je ne cesse d'aller voir à la fenêtre l'état du ciel. Un redoux ne va-t-il pas faire fondre la neige ?

Pour rien au monde je ne voudrais revoir le collège, et Parrot, et les maîtres.

Le mois des grands froids nous abandonnons les chambres. Là-haut la température frôle le zéro.

— Quartiers d'hiver ! annonce mon grand-père en montrant l'ombre d'un lit au fond de la cuisine, à l'endroit où pendent l'ail et le jambon.

Je dors dans cette odeur. Avec des genoux qui me labourent le dos et un ronflement de sanglier qui fait tinter les verres et se hérisser les poils du chat juché sur le vaisselier.

À six heures mon grand-père est debout. En caleçon et tricot il réveille la cheminée, jette une poignée de sarments sur les braises, souffle avec son souffle de vieux jusqu'à ce qu'une flamme lui saute au visage. Ensuite, dans la lumière de ce feu il circule, va ouvrir le buffet, en sort une casserole, prend de l'eau au robinet, allume le gaz.

Ce sont des gestes familiers, des manières paysannes d'entrer avec ses mains et son corps dans le jour nouveau qui fait silence. Il les reproduit depuis qu'il est veuf, depuis vingt ans.

Sous les couvertures je ne dors que d'un œil, inquiété par la plainte des bûches que la braise ouvre comme des noix, par le chuintement du gaz sous la casserole, par l'heure prochaine du départ pour l'école. Mon grand-père s'est assis, les coudes sur la table. Il se chauffe les os.

Le chemin des éphélides sur ses bras mène au caillou nu de son crâne, à l'énigme d'un être qui s'occupe de moi sans m'avoir fait.

Il fixe le feu, la gigue sautillante des flammes, et ce qu'il voit, ce qu'il entend, je pourrais à présent l'inventer, en faire des phrases, c'est si facile ; mais en ce temps de l'enfance où tout est à apprendre, je bute contre le mystère de cet homme qui voit ce que je ne sais pas voir, qui entend ce que je ne sais pas entendre. La joue contre l'oreiller, sentant à mon front la chaleur du feu, j'enrage d'être encore dans l'âge qui ne comprend rien.

Quand l'eau chante dans la casserole, c'est le signal. Il se lève, verse l'eau sur le café moulu. Puis il s'éclaircit la gorge.

— Mathieu, c'est ton tour.

Je repousse les couvertures, affronte le froid comme un homme. Sur les tomettes glacées mes pieds se rétractent instinctivement. Je serre les dents, saute sur place, enfile chaussettes, pantalon, et les pulls les uns par-dessus les autres. Je chausse mes bottillons qui attendent dans la chaleur de la cheminée.

Les bols sont sur la table. Ils fument. Je m'assois le dos au feu, plonge des tartines de pain beurré dans le café au lait. Mon grand-père mange des noix. Au-dessus de nos têtes l'ampoule électrique retenue à son fil est comme une étoile étranglée dans la suie du plafond.

— C'est l'heure, dit-il.

Je boutonne ma veste, ajuste sur mes épaules les bretelles du cartable et embrasse la joue creuse de mon grand-père qui me pousse dehors en marmonnant des encouragements. Dehors ce n'est pas encore le jour. Une vague lueur blanchit l'est du ciel, et c'est tout. Je vais jusqu'à la grange, de mes souliers ferrés m'amuse à battre comme tambour le sol gelé de la cour. Je sors le vélo, m'enfonce la casquette jusqu'aux oreilles. Je suis prêt.

Dans ce jour qui veut naître, dont la cime chenue des arbres capte déjà la lueur, mes jambes de sauterelle pédalent sans retenue. Peu me chaut la banquise cristalline de l'aube qu'il faut fendre de la tête et des épaules, les yeux à vif et les joues mordues jusqu'au sang.

La saillie des os de ce vieux visage, qui n'a jamais été jeune et dans mes convictions enfantes doit survivre cent ans, la tendresse de ces yeux lavés, de ces mains qui tremblent, comblent jour après jour le vide laissé par ceux qui m'oublient.

La veille de Noël le facteur apporte une lettre qui m'est adressée. Sur l'enveloppe, au-dessus de mon nom écrit à l'encre bleue, trois timbres indiens sont collés.

Je suis seul dans la cuisine, mon grand-père donne à manger aux poules. Je pourrais prendre un couteau, introduire la pointe sous le rabat de l'enveloppe, l'ouvrir pour en retirer l'une de ces impossibles cartes que m'envoie ma mère à chacun de ses voyages. Je préfère la jeter au feu.

Sous l'effet de la chaleur l'enveloppe se redresse, arc-boutée à la bûche sur laquelle elle demeure en équilibre, puis s'embrase d'un seul coup en jetant dans l'ombre une flamme endiablée.

Je ne veux pas avoir à contempler l'inévitable rangée de palmiers au dos desquels ma mère m'embrasse et m'assure qu'elle pense à moi. Je ne veux pas qu'elle me souhaite un joyeux Noël.

Il fait nuit. Nous marchons sur un chemin de traverse qui serpente dans la garrigue jusqu'au clocher illuminé de l'église. Au-dessus de la tête de mon grand-père le ciel prépare son lot d'étoiles pour l'échappée des anges de l'avènement.

Nous pénétrons dans le village et remontons les rues jusqu'à la place de l'église, encadrée de cyprès. Il y a du monde. Et dehors comme dedans les gens chantent.

— Faufile-toi. Les belles choses sont à l'intérieur.

— Et toi, grand-père ?

— Moi, je reste dehors.

J'entre en jouant des coudes, progresse vers les ors de l'autel fleuri de lys et de glaïeuls. Les mains jointes, Marie et Joseph penchent un front compassé sur la mangeoire. Un âne, un bœuf et deux moutons ruminent à côté d'eux. Tous, et le prêtre en chasuble chamarrée, le bedeau et les enfants de chœur, et l'assemblée docile des fidèles baignant dans la lumière divine qui ruisselle, tous prient, chantent, louent le ciel.

Mais le Jésus se fait attendre. L'heure de sa venue n'a pas sonné. Il faut encore beaucoup prier, chanter, louer le ciel. Et c'est fatigant.

Je vois que les plus vieux se sont assis, qu'ils n'en peuvent plus ; ils s'agrippent aux dossiers des chaises, s'essoufflent, ravalent des sécrétions d'asthmatiques, pendant qu'à côté d'eux les nourrissons pleurent dans les bras de leurs mères

Oui, je sais où tu étais, salaud !

j'abandonnais mon train électrique, j'ouvrais la porte de ma chambre ; les coups dans ma poitrine, les larmes qui me venaient c'était la peur, la peur qu'ils se battent, je descendais l'escalier

Je fais ce qui me plaît

Tu ne le feras pas longtemps, ça je peux te le garantir

courais jusqu'au salon où je les trouvais dressés l'un contre l'autre, dans un état ! rouges et échevelés, l'œil torve et la bouche haineuse, me jetais entre eux

Non, papa, non

Non, papa !

les repoussais en criant fort pour couvrir leurs voix.

Voilà que le Jésus est dans sa crèche. Qui l'a apporté ? Je n'ai rien vu, j'avais la tête ailleurs. C'est un enfant véritable, emmailloté dans des linges blancs et brodés. Il plisse le front et ne comprend pas qu'on le loue, ici et en ce jour. Les fifres et les tambourins donnent des ailes à la lumière qui danse, tourne et virevolte, serpente dans les travées avant de se perdre et de s'éteindre dans l'ombre des voûtes que rien ne peut émouvoir.

C'est fini. Les gens sourient et s'embrassent ; chantent une dernière fois la naissance du Jésus. Je quitte l'église alors que les cloches sonnent à toutes volées, répandent alentour le miel divin, et que par-delà les collines et dans les plaines d'autres cloches leur font écho ; ce miel à l'excès finit par me serrer le cœur, moi qui n'ai rien d'autre que mon grand-père.

Nous rentrons par le même chemin, poursuivis par le bourdon tourmenteur des clochers. Je lui donne la main.

— C'était beau ?

— Oui, Papé. Et toi, qu'est-ce que tu as fait ?

— J'ai fumé.

Sur le plateau désert le vent qui ne trouve rien s'acharne à nous barrer la route ; et dans cet entêtement nous poussons nos jambes. J'en ai la respiration coupée.

Mon cache-col enroulé autour de la tête, petit drôle à bout de souffle, je n'ai d'abri que mon grand-père, son large dos derrière lequel je me réfugie, serrant sa taille à pleins bras et mettant mes pas dans les siens.

À la ferme, nos voix réveillent les poules. La main sur la poignée de la porte, mon grand-père pose sur moi un œil malicieux.

— Attends un peu.

Dehors à trépigner, je l'entends réveiller le feu, pousser des chaises.

— Arrive !

La chaleur des flammes me saute au visage. Je ferme les yeux ; les rouvre. Devant la cheminée il y a mon cadeau de Noël : un vélo demi-course bleu et blanc. Je grimpe dessus, me tiens à la table, tente de me voir dans les vitres du buffet. Est-ce que j'ai l'air d'un coureur ?

Je veux sortir, faire le tour de la cour. Mon grand-père ouvre la porte. Dans la nuit blanche de lune je pédale jusqu'au tilleul, fais le tour du lavoir, reviens en zigzaguant. J'essaye les vitesses, ferraille avec le levier.

La cuisine demeurée ouverte jette un rectangle de

lumière vive dans lequel est planté mon grand-père. Il se gratte la tête, heureux sans doute de voir à mon front l'exact bonheur dont il avait rêvé. Je n'ai jamais su où il avait trouvé l'argent nécessaire à cet achat. Il était pauvre, ne bénéficiait que d'une maigre pension, versée tous les trois mois et que lui apportait le facteur sous la forme d'un mandat. Peut-être avait-il vendu quelque chose à l'un de ces brocanteurs qui écument les campagnes.

— Allez, Mathieu, il est temps de se coucher. Tu continueras demain.

Réveillé, le chat court à présent dans les roues du vélo, s'amuse de mes tours de piste.

— Attrape-le, Papé, je vais finir par l'écraser.

Mon grand-père s'avance, attrape le chat par la peau du cou, le soulève et l'emprisonne contre sa poitrine.

— Allez, répète-t-il.

Je fais encore deux tours et je descends, prends le vélo par la selle, le conduis dans la grange où je l'abandonne contre des bottes de foin. J'entends ruminer les trois vaches qui nous donnent le lait. Je n'ai pas envie de dormir.

Avant d'aller au lit mon grand-père me prépare un chocolat chaud. Je suis assis à la table, mon doigt trace des chemins entre les fleurs de la toile cirée.

— Tu crois que j'irai plus vite à l'école ?

— Ça dépendra de tes jambes, répond mon grand-père.

Il arrive avec la casserole fumante, verse le chocolat dans le bol qui me brûle aussitôt le bout des doigts.

— Tu n'en veux pas ?

Il s'installe sur le banc qui fait face au feu, secoue la tête.

— J'ai passé l'âge.

Il cale sa tête dans la paume de ses mains, comme il fait d'habitude, surveille la transe du feu avec des yeux que la fatigue dérobe à chaque instant derrière les paupières. Et pendant que je bois le chocolat trop chaud, et qu'autour de moi, composant un univers qui me dépasse, ce ne sont que silences d'arbres et d'outils de ferme, que silences de murs têtus, de meubles et de photographies rangées dans les tiroirs, pendant ce temps je cherche les gestes et les mots qui servent à remercier. C'est à mon tour de lui faire plaisir.

Lorsque j'ai fini de boire, que mon ventre est chaud comme celui du chat, je prends mon grand-père par le cou, colle mes lèvres chocolatées dans le creux de sa joue, prolonge ce baiser sonore qui l'étourdit et le fait fuir en s'exclamant. Debout sur le banc à côté de lui, je peux lui parler d'homme à homme ; nous sommes de la même taille.

— C'est mon Noël le plus beau, Papé. Merci.

Je lui tire les oreilles et les rares cheveux qui frisent à ses tempes. Il me chatouille sous les bras.

— Merci pour la messe. Et merci pour le vélo.

Je grimpe sur ses épaules et je lui demande de faire le cheval autour de la table. Il part au trot, contourne les chaises en hennissant. C'est un cheval sauvage, que j'ai du mal à tenir et qui cherche à se débarrasser de son cavalier. Quand je crois l'avoir dompté, il se cabre soudain et me jette sur le lit.

Nous rions jusqu'à ce que nous ayons trouvé notre place sous les draps.

— Ça fait combien de temps que tu ne crois plus au père Noël ? demande mon grand-père.

— Je ne sais pas.

Il faudrait que je revienne en arrière, que j'accepte le souvenir des sapins décorés autour desquels mon père et ma mère se livraient une lutte sans merci. Et cette nuit je n'en ai pas envie.

Il y a un cochon qu'on engraisse pour le tuer l'année prochaine. Trois vaches dans l'étable qui ont chacune un nom de fleur : Marguerite, Églantine et Tulipe. Mon grand-père vient les traire tous les matins, glisse un seau sous les pis, fait sonner le lait contre le fer. Ce sont des animaux qui me font peur.

Je ne me sens à l'aise que dans le poulailler. Ces dix mètres carrés crottés, où ne pousse qu'un lilas, sont à moi. Et j'y exerce un pouvoir sans partage. Le coq, une sale volaille prétentieuse emplumée comme un chef indien, ne m'a résisté que deux jours. Ensuite il m'a abandonné sa basse-cour. Quand il le faut, je distribue coups de pied et coups de bâton ; la bêtise des poules, qui ne regardent que d'un œil, m'insupporte. Je les nourris, leur donne à boire, prends la moitié des œufs pondus, laisse les autres éclore.

Un signe de mon grand-père suffit à condamner la poule qui vieillit. Je l'attrape par une patte, la plaque au sol en lui enfonçant mes deux genoux dans les plumes, lui perce le cou avec un couteau. Pendant que le sang coule, le coq arpente l'enclos en se rengorgeant ; on dirait qu'il approuve mon geste.

Dans la lumière de caverne et de toile d'araignée que diffuse une ampoule nue, pendue quelque part dans le nid des poutres, j'attends que les heures passent.

Autour de moi le foin remué disperse la poussière poivrée d'un été révolu, pique les narines, trouble les sens.

J'ai ma place, au plus sombre de la grange, là où les bottes montent jusqu'à la charpente. Perché comme le chat, je n'ai pas sa patience. Je voudrais que l'hiver finisse, je voudrais être plus grand, plus fort, je voudrais être un homme qui a fait la guerre, fusil en main, et qui a tué pas moins de dix hommes, je voudrais être ce que je ne suis pas pour que le temps ait une autre couleur, et que dans cette couleur les heures aient un autre rythme.

Enfoui, écoutant le vent du nord qui aiguise les tuiles, je ravale des larmes de sel qui viennent on ne sait d'où, de la part faible et sotte de mon être, de celle qui s'attendrit pour un rien parce que trop piétinée, humiliée, au bout du compte émasculée.

Je voudrais que mes parents soient morts.

Dans le champ gelé que fréquentent les corbeaux je joue l'épouvantail. Debout, le corps camouflé par un sac de pommes de terre percé de trois trous, je me fige les bras en croix. Il fait si froid que j'espère voir le sang cailler dans mes veines.

Le soleil me tourne autour, découpe sur les labours une ombre qui n'est pas mienne, que je viens d'inventer pour le besoin de me faire du mal. Les corbeaux posent un œil méfiant sur mes hardes, sautent sur leurs pattes, croassent, déploient de lourdes ailes pour retomber mollement un peu plus loin. Noirs sans nuance, dans le miroir de ce jour que la terre et le ciel illuminent, ils sont l'expression d'une douleur que je ne peux pas nommer.

Le froid commence par me prendre les pieds. Ensuite il remonte le long de mes jambes et s'attaque à mes doigts, à mon visage nu qui semble se fissurer. Je suis obligé de me mordre les lèvres pour résister à la tentation honteuse de courir jusqu'à la ferme.

La chair me brûle longtemps, et dans ce temps inhumain le soleil suit son cours, allonge les ombres, obscurcit ce qu'il a illuminé. Et puis je ne sens plus rien, un lent vertige m'anesthésie, me pousse raide et docile le long d'un labyrinthe qui mène à la délivrance, j'en suis sûr. Déjà mes yeux voient ce qu'ils n'ont jamais vu.

Je perds connaissance au moment où s'envolent les deux derniers corbeaux du soir.

— Tu étais froid comme un soc de charrue. Je t'ai mis sur mon dos et je suis rentré en vitesse, dit mon grand-père.

— Est-ce que tu as eu peur que je meure ?

Il hausse les épaules, remue avec une cuillère la tisane

qu'il m'a préparée.

— Ça arrive tous les jours que des gens meurent de froid. Qu'est-ce qui t'as pris de jouer l'épouvantail par un temps pareil ?

Je ne réponds pas. Assis dans le vieux fauteuil qui sert à faire la sieste, j'ai du mal à respirer. Pas moins de trois édredons me recouvrent, et le feu qui gronde dans la cheminée cuit mon visage et mes pieds. Je voudrais répondre à sa question, mais je n'ai pas la force de lui mentir. Je l'imagine criant mon nom dans le silence du demi-jour et cherchant de ses yeux qui ne voient plus sans lunettes, fouillant la garrigue et les fossés, et enfin me trouvant et m'emportant sur son dos comme il emportait ses amis blessés au temps des guerres, je l'imagine en chemin, usant ses muscles, son sang, ses nerfs et ses os, tout son corps de vieux fumant sous l'effort et noué de peur, et contre le froid de la nuit qui s'abat progressant malgré tout vers la ferme, la bouche seule rompant le silence pour jurer et maudire les pères et les mères, je l'imagine tremblant, alors qu'il tremble encore en me présentant la tisane, et je ne trouve rien à dire, tant je me sens coupable. Il faudrait être un monstre pour oser un mensonge ou une vérité.

Je prends le bol qu'il me tend, j'y trempe les lèvres et me plais à demeurer dans les vapeurs brûlantes du liquide, avant de boire et de lui redonner le bol.

— Ça va mieux ? me demande-t-il.

Je secoue la tête, agrippe sa main libre, l'embrasse et

la garde contre ma joue, avec ses ongles rognés, sa paume calleuse, le réseau compliqué des rides qui la façonne

Allez, frappe-moi ! mais vas-y, frappe-moi

je suppliais les mains de mon père en pleurant, je m'y cramponnais

Non, papa !

j'essayais de retenir ces mains d'homme qui me faisaient peur, ces mains qui se crispaient

Tu n'es qu'un lâche

ces poings, je m'y cramponnais, je ne voulais pas qu'ils frappent ma mère, oh non.

Mon grand-père pose le bol sur la table, reste debout à côté de moi. Ensemble nous contemplons ce feu d'enfer, les flammes claires qui se chevauchent et s'échappent en ronflant dans le conduit de la cheminée. Par prudence nous y jetons une casserole d'eau.

Le lendemain je suis malade.

Mon grand-père me prépare un grog fort en gnôle auquel il ajoute des herbes aux vertus secrètes. Puis il m'applique sur le dos une série de ventouses brûlantes.

Selon lui il me faut une semaine de lit pour suer tout mon mal.

C'est février. L'hiver est sur sa fin.

De mon lit de malade j'ai fait une forteresse. J'y entasse livres, jouets, et le chocolat dont mon grand-père me gave.

Derrière le rempart des édredons je suis à l'abri des habitudes, repousse et maintiens à distance les choses que je n'aime pas. J'ai le droit d'être ce que je veux ; rien si ça me fait plaisir, et ça me fait plaisir de n'être rien pendant que les aiguilles comptent les heures au cadran de l'horloge, que le soleil monte au ciel, entre par la fenêtre et se retire, pendant que mon grand-père prépare le printemps du potager, et que les vaches mugissent comme des cornes de brume au plus chaud de l'étable, entre le foin et la paille.

L'école est oubliée ; ses maîtres tourmenteurs. Malgré la fièvre qui me harcèle et la toux qu'aucun sirop ne calme, je trouve que l'état de malade est un état commode dans lequel j'accepterais volontiers de vivre jusqu'à ce que je n'aie plus l'âge des leçons.

Divaguant entre veille et sommeil, ma main souvent s'égare dans mon pyjama et éveille des désirs qui n'ont pas la force de s'affirmer. Je pense à la boulangère de la rue du collège, pas à son employée qui porte col roulé et tablier, mais à la patronne elle-même qui a toujours chaud et dont les décolletés me font rougir et loucher comme un âne. Ses seins sont les plus beaux du monde, je le sais pour me l'être répété cent fois, et je donnerais mon vélo tout neuf si on me permettait de les toucher. Et pourtant il faut admettre que dans ce lit de malade ils n'ont pas leur effet habituel. La maladie ne peut pas avoir que des avantages.

Alors je dors, à des heures où les gens sont au travail, où les écoles tiennent enfermés les élèves ; et lorsque je m'éveille c'est pour prendre un livre et lire les aventures d'hommes intrépides qu'aux siècles passés rien n'arrêtait, pas même la mort.

Le chat vient frotter ses poils contre le livre, s'allonge au pied du lit. Sans doute sent-il que je suis malade et qu'il peut manœuvrer à sa guise, sans risquer les coups.

À quatre heures, un samedi après-midi, la radio est sur la table. Mon grand-père est assis à côté de moi dans le lit. Nous écoutons la retransmission du match France-Écosse.

La voix du journaliste, exaltée, s'emporte à la moindre attaque du pack français. Nous ne pouvons qu'imaginer la circulation du ballon, les mêlées, les essais marqués entre les poteaux. Mais cela suffit à notre bonheur.

Un matin, alors que je suis retourné au silence de la chambre du premier étage, dans un lit trop grand qui me prive du sommeil lourd et tranquille de l'enfance, j'ouvre les volets sur la lumière du printemps. Pendant la nuit la sève a parcouru les branches du grand tilleul et forcé les bourgeons. Des feuilles sont là, encore gluantes sous le soleil, ridées comme la peau d'un nouveau-né. Un rêve de couleur enveloppe l'arbre d'hiver, quelque chose comme un goût des verdures à venir.

La porte de la cuisine est ouverte, mon bol est sur la toile cirée, quatre tartines beurrées sont empilées à côté de la cuillère. Il n'y a plus de feu dans la cheminée.

— Papé !

J'entends sa voix qui me répond ; lointaine, elle entre par la porte avec les trilles d'oiseaux revenus on ne sait d'où, avec des odeurs grasses de terre et d'eau, et le filet aigre-doux de la rosée.

Je donne un coup de poing au chat qui est monté sur la table. Il est projeté contre le dossier d'une chaise, pousse un miaulement, queue basse va se réfugier sous le buffet.

— Si je t'attrape je te tue !

Je verse le café au lait dans mon bol, mange en vitesse les tartines. Ensuite j'enfile mes bottes et je cours dans le pré, dévale la pente jusqu'au ruisseau en piétinant les fleurs.

Accroupi, le menton entre les genoux, j'écoute chanter l'eau, ronde sur les galets, lisse comme le dos d'une lame dans les bras morts du ruisseau où vivent les sangsues et les têtards. L'eau est lourde de la fonte des neiges ; à sa surface elle charrie les restes de l'hiver.

Sur l'autre berge, des vaches viennent boire, enfoncent leurs sabots dans la boue, tendent le cou. Il leur faut du temps pour m'apercevoir, et alors leurs yeux se fixent sur moi, ne me quittent plus, pendant qu'avec leur queue elles se battent les flancs. Je les insulte jusqu'à ce qu'elles s'en aillent.

Et je lutte une heure durant contre moi-même, chassant ce que je ne veux pas voir et encore moins entendre, et qui pourtant m'assaille et me torture, les mains de mon père et celles de ma mère, leurs bouches qui se haïssent au-dessus de moi, leurs corps qui ne s'aiment plus, tout ça, et le reste qui n'est pas plus drôle, leurs façons de m'amadouer, de me couvrir de cadeaux pour que je choisisse mon camp, pour que je dise oui à l'un et non à l'autre, alors que leurs sales manies de me laisser seul au milieu de l'arène ont conduit mes pas mal assurés d'enfant à l'abîme.

Haut dans le ciel, le soleil aveugle, et il me faut plisser les yeux pour apercevoir à contre-courant un couple de truites tigrées ; ramassant des cailloux, les dents serrées, j'utilise tout ce que j'ai de force pour les atteindre. Mais les pierres s'enfoncent dans l'eau et sont aussitôt emportées par une force contraire à la mienne, qui me nargue et dont la volonté est d'épargner les truites, je ne sais trop pourquoi.

Je remonte ainsi le ruisseau avec mes pierres et ma rage. Et ce sont les barbelés qui m'arrêtent ; je pourrais continuer de l'autre côté ma chasse à la truite, bien que les terres ne soient plus à mon grand-père, mais quelque chose me retient. Derrière la haie il y a une fille qui joue avec un chiot. Elle porte une robe bleue et un pull blanc, sale aux manches et dans le dos.

Le chien vient à ma rencontre en aboyant.

— Qui es-tu ? lance la fille.

Je n'ai pas envie de répondre à sa question.

— Et toi ?

Elle avance et prend le chiot dans ses bras.

— Je m'appelle Annie, j'habite la ferme derrière.

Elle montre une direction.

— Moi je vis avec mon grand-père dans la maison que tu vois.

— On est voisins alors.

— Oui.

— On pourrait jouer ensemble.

— Non, ça ne m'intéresse pas. Je ne joue jamais avec les filles.

— Comme tu veux. Mais si tu changes d'avis, tu viens ici et tu siffles. Je t'entendrai. Tu sais siffler ?

— Qu'est-ce que tu crois ?

Une autre fois, embusqué dans les herbes, j'assomme avec une pierre adroitement lancée un rat d'eau qui n'a pas détecté ma présence. Je me précipite. Il est là sur le sable, à moitié étourdi, attendant de retrouver ses forces pour s'enfuir. Avec mon bâton taillé en pointe je lui perce le ventre. Il pousse un cri, ses pattes s'agitent furieusement dans le vide pendant que le sang coule.

Autour de moi ce ne sont que verdures tendres se livrant sans vergogne aux jeux de la résurrection. Et ce sang, la couleur crue, sombre et menaçante qu'il impose, me venge de la désinvolture du monde à mon égard.

Mon cartable arrimé à l'arrière du vélo par deux sandows, des pinces à linge au bas des jambes, j'avale les kilomètres, la tête dans le guidon.

Au croisement Parrot m'applaudit en me voyant arriver. J'ignore ses encouragements. Il y a une manœuvre difficile à négocier : rejoindre la route sans respecter le stop, et ce n'est pas le moment de perdre la face. Je freine, bascule le corps sur le côté, enclenche le grand braquet pour l'impressionner, me dresse sur les pédales et repars de plus belle.

— Attends-moi ! crie-t-il.

Mais je n'ai pas envie de l'attendre. Il n'est pas mon

ami. Je l'entends qui crie encore, et bientôt je suis seul sur la route, à rouler comme un fou. Les autos que je rencontre klaxonnent, et leurs conducteurs lèvent le poing parce que je ne respecte rien.

J'arrive à l'école en sueur. Je reprends mon souffle contre un arbre, seul. Ceux qui viennent me saluer le font sans espérer de réponse. Ils passent à côté de moi, ils disent :

— Salut.

Je secoue simplement la tête, tout en continuant de découper les peaux mortes de mes doigts avec une lame de rasoir. Quand un pion s'approche, je cache la lame dans ma manche, reprends mon travail dès qu'il a le dos tourné.

— Tu aurais pu m'attendre !

C'est Parrot qui se plaint. Il est devant moi comme un pantin, il n'a que les os pour soutenir ses vêtements, et sur le crâne des cheveux ébouriffés.

— Après la cantine tu viendras derrière la remise.

— Qu'est-ce que j'ai fait ?

— Si tu ne viens pas, je te casse les dents.

Je m'apprête à le frapper au moment où sonne la cloche.

— Tu as de la chance.

Je le laisse à sa peur et traverse la cour pour prendre ma place dans le rang, accepter avec les autres le silence qu'impose la soutane du père Tronc.

Pour quitter la classe je n'hésite pas à m'entailler le pouce avec ma lame de rasoir.

Je vais à l'infirmerie, là où se retrouvent ceux que les maîtres ennuient. Après tout il suffit de peu, des maux de ventre, un filet de sang, et le tour est joué.

J'arpente avec lenteur les couloirs vides, cette paix miraculeuse des collèges pendant les cours, j'entends les oiseaux, le trafic de la rue, et le refrain connu des voix qui instruisent. Je tire vanité du temps que je vole, pendant qu'une infirmière panse ma plaie, déroule son sparadrap autour de mon pouce et me renvoie.

En demeurant un moment sous le préau je m'aperçois que le printemps est entré au collège, qu'il verdit les lilas du réfectoire et le faîte des platanes, donne de l'insouciance aux hirondelles qui nichent près du toit.

À la cantine il faut d'abord prier avant de manger. Ensuite, les pommes de terre ont ce goût de prière, la viande, le pain, tout.

Quand j'arrive derrière la remise, il est déjà là. Il a ses mains dans les poches. Il les retire, vient vers moi.

— Qu'est-ce que je t'ai fait ?

Je ne réponds pas. Je le prends par sa tignasse, l'oblige à s'agenouiller. Je lui secoue la tête jusqu'à ce que les larmes lui viennent.

— Je ne suis pas ton ami, d'accord ?

— Oui.

— Alors pourquoi tu veux que je t'attende au croisement ?

— Je ne sais pas.

— Si tu recommences, je crève les deux roues de ton vélo. Tu rentreras à pied chez toi.

Je le lâche. Il essuie ses joues avec ses paumes, renifle un bon coup, shoote dans une pierre en marmonnant.

— Qu'est-ce que tu dis ?

— Rien.

— Alors va-t'en.

Parrot arrange sa blouse, frotte ses genoux terreux, retourne à sa solitude moquée de tous.

J'urine contre le mur, un jet dru qui me vaut une punition à chaque fois que je suis pris. D'une main je tiens mon sexe, de l'autre je cherche dans les interstices un insecte qui servira à mes travaux de vivisection pendant le cours suivant.

À Pâques ma mère nous rend visite sans s'annoncer. Elle sourit en descendant d'une petite voiture bleue. Elle a des boîtes de chocolats et des livres plein les bras.

Je ne peux pas croire que c'est ma mère. Ses lèvres sont aussi violemment rouges que les fleurs de notre rosier.

Nous sommes sur le pas de la porte, mon grand-père et moi.

— Vas-y, me dit-il.

Je m'élance. Laissant choir les paquets ma mère m'ouvre ses bras. Je m'y jette avec l'idée folle qu'elle ne me quittera plus.

Elle rit, me barbouille de rouge à lèvres, et quand elle n'a plus de souffle me prend par les épaules, m'éloigne de son corps et m'examine.

Dans ses yeux de mère je ne suis pas à l'aise, il y a si peu de place pour moi.

Mon grand-père sort trois verres et une bouteille de cidre ; le soleil du soir entre de biais par la porte, touche l'évier et ses casseroles sales ; les mouches font le tour de la table, se posent sur la toile cirée, repartent quand un bras se lève ; tout ça dans le silence de la cuisine, dans un silence que la sarabande des martinets montre du bec en passant et repassant à tire-d'aile devant la porte et la fenêtre ouvertes.

— Tu restes manger ? demande mon grand-père.

— Je passe la nuit ici. Je dormirai avec Mathieu. Il me fera bien une place dans son lit.

Elle se penche vers moi, me tire l'oreille en clignant de l'œil, cherchant une complicité que je ne comprends pas. Alors elle rit aux éclats, et je ris avec elle pour lui faire plaisir

Tu n'es qu'un lâche

et j'entendais son rire qui grinçait dans sa gorge, un rire de folle que rien n'arrêtait

Tout juste bon à faire le fier dans les bars, à parader comme un coq de basse-cour

un rire qui montait si haut dans les aigus que les vitres en tremblaient, et les bouteilles d'alcool, et la ménagerie de verre qui défilait sur un meuble, girafe en tête

Non, papa !

Elle m'attrape par le cou, m'attire sur sa poitrine en fredonnant. Elle ne ressemble pas à ma mère, l'odeur violente de ses parfums m'écœure.

Mon grand-père verse le cidre dans les verres, chasse les mouches qui se ruent. Et puisqu'on me le demande j'ouvre une à une les boîtes enrubannées, en sors des cloches, des lapins, des poules, des œufs. Dans cette sérénité pascale qui nous tient faussement souriants autour de la table, chacun attend le miracle d'une parole de réconfort. Et comme elle ne vient pas, c'est moi qui me lève et tire ma mère par le bras.

— Viens.

— Mathieu, je ne peux pas me promener avec ça !

Elle me montre ses talons hauts.

— Change de chaussures.

En soupirant elle ouvre sa valise, fouille dans le linge, en sort une paire d'espadrilles.

— Tu as de la chance.

Je la prends par la main et lui fais traverser la cour. Je montre mon poulailler, mes installations, un baquet pour les graines, un autre pour l'eau. Puis je la conduis dans la grange. Il y fait déjà noir. J'allume l'ampoule, grimpe sur mon vélo, tourne autour de ma mère. Elle me demande à qui est ce vélo, je réponds qu'il est à moi, que je l'ai eu pour Noël. Est-ce qu'elle le trouve beau ? Il a six vitesses, un cadre en aluminium, de vrais boyaux. Avec lui je suis à l'école en un quart d'heure.

— Je t'ai envoyé des livres à Noël. Les as-tu reçus ?

— Oui, bien sûr.

— Tu les as lus ?

— Pas encore.

Ensuite, je l'entraîne dans le pré, dans les hautes herbes du printemps, les marguerites, les boutons d'or. Elle a peur, ses jambes nues frissonnent, je suis obligé de tracer une piste devant elle, fouettant les herbes avec un bâton. Elle veut savoir où je la mène, et moi je ne veux pas le lui dire. Des herbes brisées s'échappe une odeur lourde, puissante, qui m'enivre et me rassure.

Au milieu du pré il y a un orme. C'est là que je vais. Contre le tronc de l'arbre j'ai bâti ma cabane, des piquets liés avec des cordes, un toit de feuillage.

Les derniers mètres, je retrouve le chemin que mes allées et venues ont tracé. Je cours jusqu'à la cabane, me plante devant.

— C'est moi qui l'ai faite.

Ma mère me sourit, semble rassurée d'avoir atteint le but de la promenade. Elle a le front en sueur et les joues un peu rouges. Je lui demande si elle a eu peur. Elle me regarde, passe la main dans ses cheveux.

— Toute cette herbe...

Elle se met à rire, et nous rions ensemble pendant que le ciel s'élargit au-dessus de nos têtes, dans sa fuite vers le couchant creuse un espace immense que rien ne peut combler.

— Tu veux venir dedans ?

Elle hésite, secoue ses mains baguées et montre sa jupe. Mais je suis déjà à l'intérieur et lui fais signe de me rejoindre.

Alors elle s'agenouille ; et se tenant à ma main qui se veut solide elle pénètre la pénombre de la cabane, s'y recroqueville, rentre la tête dans les épaules, enfouit ses jambes dans ses bras. L'odeur de terre et de feuilles submerge son parfum de femme. Elle se laisse faire, ferme les yeux, et devant moi abandonne son visage de mère pour se glisser dans celui de l'écolière effrayée que j'ai appris à reconnaître sur les photos de classe qui la montrent petite fille.

— Maman.

— Oui.

Ses yeux s'ouvrent. Je me jette sur son ventre, l'enlace de toute la force de mes bras, enfouis mon visage en elle pour cacher des larmes qui me font rougir.

Ainsi nous demeurons longtemps, cois l'un comme l'autre, dissimulés par le feuillage d'une cabane de fortune que mes mains ont construite sans espoir, par simple jeu et pour tuer l'ennui. À présent il me semble que je pourrais l'agrandir, et qu'à deux nous pourrions y vivre, ma mère et moi.

Dans l'orme un grand concert d'oiseaux tourbillonne, s'enfle et se tait. La nuit est venue du bout du monde. Elle a tout pris.

Nous rentrons par le même chemin. À la ferme mon grand-père nous attend sur le pas de la porte, les poings aux hanches, inquiet.

Dans le lit si grand, raidi par la glace des draps, j'ai chaud pour la première fois.

Ma mère me serre contre elle comme un amant, entre ses seins qui m'ont nourri et ses mains qui devraient être maternelles. Elle chuchote des promesses que je n'entends pas, tant il me plaît de croire qu'elle est venue me reprendre.

Je compte les battements de son cœur, me laisse bercer, presque endormir, avant d'être épouvanté par les brusques accélérations du rythme cardiaque.

— Qu'est-ce que tu as, maman ?

— Rien.

La paume de sa main est moite sur mon épaule. J'essaye de comprendre ce que je ne peux pas comprendre, ces tressauts du cœur qui ne sont pas de mon âge. Dans le noir absolu de la chambre je m'effraie sans raison, attendant que le cœur retrouve son rythme dans la poitrine de ma mère, et finisse par anesthésier mes sens en alerte, et par m'endormir pour de bon.

Lorsque ma mère referme sa valise et qu'elle chausse ses talons hauts en chantant, je m'enfuis.

— Mathieu, crie-t-elle.

Mais je suis déjà loin. La douleur qui m'envahit et envahit le pré où je cours fait à nouveau basculer le monde autour de moi.

C'est le grand matin. Le ciel charrie des rebuts lumineux de nuages, les arbres débordent, la rocaille flambe.

Je ne sais pas où je vais, rien de ce que je vois ne compatit à ma misère.

Je cours, je cours. J'en perds mon haleine, ne la retrouve qu'en m'arrêtant aux berges du ruisseau. Je descends dans son lit, le traverse sur des pierres, de l'autre côté reprends ma course. Par un sentier raviné monte jusqu'au plateau, jusqu'à la garrigue.

Là, je suis seul pour de vrai. Je m'allonge sur les cailloux, suis la lente dérive d'un nuage qui a la barbe du père Tronc. J'entends mon grand-père siffler, j'écoute l'écho répété de mon nom, et puis le bruit d'une voiture qui s'éloigne.

Après c'est le silence, et dans ce silence qui me hait je fixe le soleil pour me brûler les yeux.

Mon grand-père me donne une lettre de ma mère. Je la prends, monte dans ma chambre, la glisse sous le matelas sans la lire.

Plus tard, j'en reçois une autre que je jette au ruisseau. Je dis à qui veut l'entendre que mes parents sont morts. Et pour convaincre les autres je suis prêt à user de mes poings.

Je ne trouve de consolation que dans la torture des bêtes. Avec le printemps elles fourmillent. Lézards, hannetons, scarabées, mulots, serpents, scorpions, rien ne m'échappe. Ce qui passe à ma portée est mutilé, souvent tué. Je perce avec une aiguille les yeux des mouches, leur arrache les ailes, livre les fourmis aux araignées, coupe les cornes des escargots, donne les mulots au chat qui d'un coup de patte leur brise l'échine.

Dans cette chasse sans merci qui occupe tout mon temps, le chat est devenu un allié. Il me sert à repérer mes proies. En échange j'utilise ma fronde pour lui tuer des oiseaux.

Mon grand-père est parti au hameau chercher du tabac. Je garde la ferme.

Dans le poulailler rayé d'ombre et de lumière, où flambe la crête altière du coq, j'arrange les choses à ma façon, distribue des graines à qui me plaît, tiens à l'écart deux poules rebelles. L'une d'elles se venge en me donnant un coup de bec.

Au dos de ma main du sang perle. La douleur décuple ma colère, j'empoigne la poule par les ailes, la sors de l'enclos, lui attache une patte avec un bout de corde, fixe la corde à la roue du tombereau. Je pourrais lui tordre le cou, mais il y a sûrement mieux à faire. Je vais au robinet, tiens longtemps ma main sous l'eau. Le chat contre moi frotte son poil. Je lui donne ma main à lécher.

— Qu'est-ce que je peux faire, le chat ?

Il ne sait pas. Il s'en va rôder autour de la poule, la queue basse, l'œil endormi. Puis il retourne s'allonger sur la pierre du seuil, au plein soleil du jour.

L'idée me vient d'un coup.

— J'ai trouvé, le chat !

J'en tremble. Je me précipite dans la remise aux outils, ouvre les bidons, renifle ce qu'il y a à l'intérieur. Il me faut du temps pour trouver ce que je cherche. Mais j'y arrive.

La bouteille d'essence à la main je m'approche de la poule et l'arrose. Ensuite je vais à la cuisine chercher des allumettes. Quand je reviens je vois la poule qui bat des ailes et tangue, et s'alourdit dans l'odeur forte du pétrole. Je l'enflamme sans remords.

Elle est comme une torche vivante. Je coupe la corde qui retient sa patte, la regarde filer tout droit et s'assommer contre la porte de la grange. Une odeur de chair grillée envahit la cour, un peu de fumée monte au ciel. Je verse le reste d'essence pour raviver les flammes. En moi la colère retombe, de voir cette chair éclatée, livrant ses entrailles au feu, me donne un sentiment de puissance inégalé, tel que je n'imaginais pas qu'il puisse se concevoir.

Autour de moi la ferme fait silence. Il semble que les animaux ont fui, et que de peur ils se terrent : le chat a disparu, les poules sont rentrées, seul le coq, une patte en l'air, garde son œil torve fixé sur les cendres fumantes.

Ce qui reste de la poule, je le ramasse avec une pelle et vais l'enterrer dans un carré de terre meuble qui ne sert à rien.

Lorsque je suis dans mon lit et que je n'arrive pas à dormir, je me lève et avec le plus de précautions possible ouvre la fenêtre sur les ténèbres. Je regarde sans rien comprendre l'obstacle de la nuit. Je voudrais ne pas en avoir peur.

Une fois, mais une seule, je jette un poussin dans la soue au cochon. Par simple curiosité, pour voir.

Ces poussins, très jaunes et très naïfs, qui se promènent dans l'ombre rassurante d'une poule, comment les aimer ? C'est avec les gestes paysans de mon grand-père que je les soigne, mais j'ai souvent envie de les écraser avec une pierre.

Alors un matin j'en prends un. Je choisis le plus jaune, le plus vigoureux. Je l'emmène d'abord dans la cuisine, le pose sur la table et m'en amuse, fourre mon doigt dans son bec, le pends par les pattes, le force à manger et à boire.

Il a peur. Il se tient immobile, à l'extrémité de la table. À l'abri de mes bras croisés sur la toile cirée, je l'observe. J'ai des curiosités d'élève, j'aimerais voir ses entrailles et son cœur, disséquer tout le corps. C'est ce qui m'intéresse chez les bêtes.

Mais aujourd'hui j'ai mieux à faire. J'enferme le poussin dans mes mains, me rends à la porcherie où rumine le cochon gras vautré dans sa fange, y jette ce poussin décidément trop jaune et trop naïf. Il tombe sur le poil du porc, piaille, bat des ailes tout le long de l'échine, est renversé par un mouvement de la patte arrière, se retrouve dans la boue plus piaillant encore, et vient donner du bec contre le grillage sans trouver d'ouverture.

Le porc se redresse, souffle bruyamment, s'en va fourrer son groin dans les pattes du poussin qui fait deux fois le tour de la porcherie avant d'être coincé contre le mur.

Les yeux du cochon un instant se ferment. Je ne sais pas ce qu'il va faire, je ne sais pas ce qui peut bien lui passer par la tête. Et puis je le vois rouvrir les yeux et lentement, avec toute sa force sauvage de cochon, écraser le poussin contre le mur jusqu'à ce qu'il éclate.

Dans cette bouillie il plonge le groin et mange.

L'orage est sur la maison.

Les nuages d'ouest affrontent ceux du nord. Il s'en échappe de longs éclairs, un chahut du diable et de soudaines déflagrations qui font frémir les vitres.

Une pluie violente s'abat sur des arbres démunis, des hectares d'herbe drue qui l'engloutissent. Le brouillard étête les collines. Il faut allumer la lampe.

Mon grand-père aiguise entre ses jambes une faux à la lame usée, tant il a frotté de pierres sur le tranchant. Il passe le pouce sur le fil, n'est jamais satisfait. Le fracas du tonnerre dans la cheminée ne le détourne pas de son travail.

— Je sors.

— Où tu vas ?

— Dans la grange.

Entre deux éclairs j'ouvre la porte, bondis dans la cour. La pluie me transperce jusqu'aux os. J'atteins l'auvent de la grange, entre dans l'obscurité complice du foin

Non, papa !

il y avait un tabouret sur lequel je montais pour être à la hauteur et les séparer, séparer ces visages qui ne m'étaient plus familiers, qui montraient les dents, des yeux de fou et de la haine

Frappe-moi, vas-y, frappe-moi

Non, papa !

je l'entourais de mes bras en pleurant, cherchais à retenir ce corps qui tremblait comme tremblaient tous mes membres

Si je te frappe, je te tue

Ne me fais pas rire

mon père reculait, contournait le canapé, allait se planter devant la fenêtre, il pleuvait, alors il regardait la pluie tomber, brouiller calmement les vitres, il ne disait plus rien, il se contentait d'allumer une cigarette, de passer la main dans ses cheveux, d'expulser la fumée longtemps gardée dans ses poumons, et ma mère se taisait à son tour, en se mordant les lèvres elle s'asseyait sur le bord du canapé, attrapait la bouteille de whisky, et dans ce silence de nous trois qui s'accordait au silence de la pluie je demeurais seul sur mon tabouret, malheureux comme un enfant puni et qui n'a rien fait.

L'orage s'éloigne pendant que je me livre aux pièges du foin qui un coup me soutient, un coup se dérobe et m'engloutit. J'arrive dans mon trou, m'y recroqueville. Je grelotte sous ma chemise trempée. La pluie, ce qu'elle dévoile et livre, donne à ma main des envies.

— Où sont tes parents ?

— Ils sont morts, mon père.

Je l'affirme avec rage.

Le père Tronc plante ses yeux fureteurs dans les miens. À son cou pend le Jésus crucifié.

— Qu'est-ce que tu veux dire ?

Il est derrière son bureau, assis sur une chaise à la paille effritée. On dirait que ses mains se retiennent de cogner, tant elles sont rouges, gonflées de veines comminatoires. Debout dans ma blouse grise, au milieu de cette pièce redoutée qui sent la confession honteuse et le livre de messe, je fais front sans plier l'échine.

— Je veux dire qu'ils ont eu un accident de voiture, mon père. Et qu'ils en sont morts.

Je fixe quelque chose à la base de son front, un point de partage où commence la brosse sévère des cheveux blancs. De cette façon il ne peut rien m'arriver.

Au-delà du silence que le père Tronc prolonge par calcul, j'entends le chahut de la récréation, les battements inquisiteurs d'une horloge qui faussent le rythme de mon sang endiablé. Mais je tiens bon.

Il se lève, contourne le bureau. Les pans de sa soutane font voler la poussière prise aux mailles d'un rai de soleil. Il se plante devant la fenêtre, contemple le ciel et fait comme si je n'existais pas ; il a joint les mains, on dirait qu'il prie.

Puis il pivote sur ses talons.

— Es-tu bien sûr de dire la vérité ?

— Je la dis, mon père.

Je regarde toujours droit devant moi, et ce que je vois, à présent que le père Tronc s'est levé, ressemble à l'Apocalypse, flots déchaînés, cieux en bataille, faune au supplice ; c'est, dans un cadre de bois doré, une gravure ancienne que je parcours dans le détail. En veut-il à ma désinvolture ? D'un coup il bondit sur moi.

— Jure sur la croix que tu ne mens pas.

Il prend le Jésus crucifié qui lui bat la poitrine, le dresse devant moi comme une relique sacrée.

— Pose la main dessus et dis je le jure.

Sa bouche trop proche de mon visage ne peut cacher l'écume qui blanchit les commissures.

— Pose la main dessus.

Ma paume effleure le maigre corps du Christ.

— Je le jure.

Je préfère être châtié que moqué. Je défends un territoire que rien ni personne ne peut entamer.

En blouse grise d'écolier je cours jusqu'aux toilettes, n'ai le temps que de baisser mon pantalon avant d'être emporté par une colique qui me laisse le ventre creux, comme vidé de sa substance.

Une ivresse de vainqueur me tient longtemps le cul au-dessus de la fosse, sans que l'odeur de la merde engraissée d'urine m'incommode.

Je passe l'après-midi à genoux sur les dalles de la chapelle. Et le lendemain tout entier.

Je ne sens plus mes jambes. Et quand je me redresse, je dois me tenir aux chaises pour ne pas tomber. Je rentre en classe en boitillant, croise et affronte le regard de tous, mais à aucun ne vient l'envie de rire. Je m'assois à la table du fond et attends la sonnerie. Sur l'estrade, un maître termine l'énoncé d'une règle mathématique.

À la sortie, Parrot est là. J'enfourche mon vélo, passe devant lui.

— Suis-moi.

J'ai du mal à pédaler. Mes cuisses, mes genoux et mes mollets sont douloureux. Mais je ne montre pas ma douleur, la tête dans le guidon je file entre les champs de blé verts, heureux de ne pas m'être soumis au père Tronc.

Arrivé au bois de chênes je mets pied à terre, couche mon vélo dans les herbes, pénètre par un sentier l'ombre des arbres. Parrot est derrière moi, pour une fois il ne pose pas de questions. Je marche sans savoir où je vais, je suis à la recherche d'un coin tranquille.

Une mousse fraîche au pied d'un pin fait l'affaire. Je m'allonge, ramène les bras sous ma nuque. Parrot s'agenouille en silence.

— Prends-la-moi.

— Quoi ? demande-t-il.

— Prends-moi la queue, ou je te casse la tête.

Il m'observe, sans oser faire un geste. Je suis obligé de fourrer sa main dans ma braguette. Il ne dit rien. Mais son visage parle pour lui, la brusque transformation de son visage.

Et sa bouche qui se féminise, ses yeux qui s'allongent, son corps tout entier qui se soumet me dégoûtent.

Je le saisis par les cheveux, d'un coup de reins me retourne, lui prends la bouche, m'y enfonce le plus profondément possible, jusqu'à ce que les larmes lui viennent aux yeux. Il s'étrangle, de crainte ses pupilles se révulsent, les orbites lui sortent de la tête.

Un temps j'écrase de tout mon poids sa figure, la réduis à rien pour satisfaire la brutalité de mon désir.

Puis je me retire et me rallonge sur la mousse, parce qu'il y a trop de violence en moi, que cette violence m'épuise et me fait peur.

— Branle-moi, Parrot.

Il me prend. Et il fait avec sa main comme il ferait pour lui, un même geste lent, ample, qu'il accélère quand je le lui demande.

Dans les ténèbres de mes paupières closes je noie cette peine qui me tenaille le cœur, jusqu'à ce que le visage de ma mère apparaisse, riant et me tendant des bras de femme, et puis qu'il disparaisse par ma seule volonté, et ressurgisse encore et encore pour enfin être englouti tout à fait dans la vague montante d'une jouissance que conduit la main habile de Parrot.

Contre le tronc d'un châtaignier j'urine en écoutant les grillons du soir, la patiente stridulation de leur solitude.

Je m'assois au bord du fossé, les jambes pendantes, alors que la ferme est à cent mètres au-dessus de moi, je vois son toit de tuiles, le tilleul en fleur qui lui fait de l'ombre. Je n'ai pas envie de rentrer.

Je voudrais oublier.

Sous les draps où je transpire après maintes tentatives, je ne peux chasser de ma mémoire le souvenir des dociles manœuvres de Parrot.

Derrière le volet, dans le silence piqué de rots musicaux des crapauds pétrifiés, la nuit s'étire en longueur, me torture sans m'épargner. Je donnerais mon vélo pour que le jour blanchisse ma chambre à l'instant et me libère de ce poids de ténèbres.

Et comme il n'est que minuit, je n'ai d'autre recours que de fuir le lit, de descendre à la cuisine, de chausser sur ma culotte de pyjama les bottes de sept lieues qui me servent à battre la campagne, et de courir à travers l'encre des hautes herbes jusqu'à la cabane.

Je l'atteins au moment où la lune s'élève par-dessus le bois de chênes. Ébloui, je demeure un long temps à genoux, sous l'avalanche silencieuse de ce ciel troué.

N'est coupable que celui qui veut l'être. Cette nuit-là il me semble que la lune m'a lavé, rincé à grande eau, et que cela a suffi pour que je retrouve sur la paille de la cabane le sommeil perdu.

Une fois que l'école a fermé ses grilles au moyen d'une chaîne et d'un cadenas, les grandes vacances peuvent commencer.

Je salue le père Tronc, sa soutane que rien n'égaie. Je veux bien oublier les trop longues stations, par lui imposées, sur les dalles de la chapelle. Mais il n'a pas la charité de me pardonner mes mensonges. Il me toise avec l'air de quelqu'un qui a une revanche à prendre.

Je sors sous la menace de ce regard, fort de la liberté qui m'est offerte dix semaines durant. Je n'ai pas l'âge du repentir, est-ce qu'il ne le sait pas ?

Après une course dans les blés mûrs, j'entraîne une dernière fois Parrot sous les arbres et ouvre la braguette de mon pantalon. Quand je lui dis qu'il ne me reverra pas avant septembre, il ne peut s'empêcher de montrer sa déception.

— Tu t'en vas en vacances ? demande-t-il.

— Ça ne te regarde pas.

— Moi, je vais en Bretagne, chez ma grand-mère.

— Je m'en fous, Parrot !

Je l'abandonne pendant qu'il s'essuie les mains dans la mousse, retourne à mon vélo, pédale comme un fou sous le soleil de plomb. La sueur qui m'inonde le visage ne calme pas la rage de coureur que je feins d'avoir, et sous les sarcasmes des cigales je monte en danseuse la côte jusqu'aux châtaigniers.

À la Saint-Jean, mon grand-père enfile une chemise blanche et des pantalons propres, et ensemble nous grimpons jusqu'au plateau. Il fait nuit, et bien avant d'arriver je vois le ciel qui rougeoie, la fuite des plus hautes flammes emportées avec les braises dans le trou noir de la nuit.

— C'est notre feu de Saint-Jean, dit mon grand-père. On le construit tous les ans, ça nous fait un prétexte pour nous rencontrer.

Devant le feu il y a le monde des fermes alentour, des hommes qui parlent entre eux, des femmes qui serrent contre elles leurs enfants en bas âge, des garçons et des filles qui se poursuivent en tournant autour des flammes.

J'abandonne mon grand-père pour me joindre aux garçons. À minuit nous galopons toujours, loin du brasier cette fois, entre les touffes de thym et de menthe sauvage, à la poursuite des filles qui nous fuient comme la peste. La dentelle troublante de leurs rires, leurs robes qui sentent la lavande, leurs cheveux qu'argentent les étoiles, tout nous porte à jouer les hommes.

Devant moi court une fille brune. Elle se retourne pour voir si je la suis, rit de plus belle, m'attire dans son sillage. Parce que sa robe se prend aux épines, elle est vite à ma portée. Je l'attrape par la taille, la serre contre moi. Ensemble nous tombons.

Son haleine a le goût du sucre. Elle crie, puis elle se tait, sérieuse d'un coup, me montre des yeux noirs de volonté et de malice.

— Lâche-moi.

Mais je ne la lâche pas. C'est la première fois que j'ai dans mes bras un corps de fille, et quelque chose me force à la témérité. Je l'embrasse dans le cou, caresse ses cheveux courts alors qu'elle cherche à m'échapper, jouant plus que luttant, riant doucement, presque heureuse de ce que je fais.

Je sens soudain ses bras qui m'entourent le cou et me pressent contre elle, j'entends les baisers qu'elle me donne dans l'oreille, il ne m'en faut pas plus pour oublier qui je suis. Le cœur me cogne aux côtes, et mes mains dans ses cheveux à présent offerts ne savent que trembler.

Nous sommes seuls, immobiles, pétrifiés comme les pierres qui nous entourent, abandonnés par les autres que les jeux ont menés ailleurs. Le bûcher formidable, alimenté par tant de flammes, gagne peu à peu la lisière de la nuit où nous sommes blottis.

Elle se redresse, rabat sa robe sur ses cuisses, démêle ses cheveux en me souriant. Docile, je reste assis à côté d'elle, un bras autour de ses épaules.

— Comment tu t'appelles ?

— Mathieu.

— C'est un joli nom. Tu veux savoir le mien ?

— Oui.

J'apprends qu'elle s'appelle Corinne, qu'elle a presque quatorze ans et habite Aix. Sa parole est vive, intelligente. Elle cherche à m'impressionner.

— Et toi, quel âge as-tu ?

Je vois bien qu'il faut que je lui mente.

— Quinze ans.

Elle me donne un baiser sur la joue, se pelotonne contre moi.

— Est-ce que tu aimes lire ?

Je secoue la tête, précise que je lis surtout des récits de voyage.

— Moi, j'ai lu Stendhal, claironne-t-elle. C'est mon écrivain préféré. Tu l'as lu ?

— Non.

— Il faut que tu le lises. C'est important de lire Stendhal.

Je pose ma main sur ses seins, les caresse pendant qu'elle me parle. Un vif désir me gonfle le ventre. Je ne peux m'empêcher de lui couper la parole.

— Corinne ?

— Oui, qu'est-ce que tu veux ?

— Je voudrais voir tes seins.

Elle s'effraie aussitôt, me repousse.

— Ça non !

Sa bouche se pince pour me dire :

— Est-ce que tu ne serais pas un maniaque sexuel ?

Je la rassure, sans comprendre le terme qui me qualifie. Mais il est trop tard, de la méfiance est venue assombrir son visage.

— Viens, me dit-elle. Il faut que je retrouve ma tante, je ne voudrais pas qu'elle s'inquiète.

Nous marchons face au vent qui nous souffle au visage une haleine de taureau, brûlante, chargée de crépitations électriques.

— Voilà le sirocco, dis-je pour montrer à mon tour mes connaissances.

Je lui demande :

— On va se revoir ?

Elle me répond :

— Non, ce n'est pas possible. Je rentre demain à Aix.

Elle court vers la femme qui l'attend, et sa robe s'envole sur ses jambes. Je ferme les yeux, les rouvre, elle est déjà à vingt pas de moi, insouciante, elle parle à sa tante, et elle rit.

J'apprends cette nuit-là d'autres douleurs.

À l'heure de la sieste je m'allonge dans l'ombre du tilleul, en short et maillot de corps. Les mouches me tournent autour, les fourmis m'escaladent. Quand une cigale se tait, une autre la remplace, juchée ailleurs, invisible sous l'avalanche des feuilles. J'ai beau me montrer patient, le sommeil ne vient pas, contre mes paupières closes passent le visage enténébré de Corinne, les flammes de la Saint-Jean, d'autres ombres

Papa !

descendu de mon tabouret je le rejoignais contre la vitre, lui prenais la main, considérais avec lui l'image pluvieuse du silence au dehors comme un miracle du ciel, un silence conçu pour étouffer la parole des hommes, quand elle ne sait plus ce qu'elle dit. J'entendais ma mère qui buvait, le frottement de ses mules sur la moquette lorsqu'elle se déplaçait pour allumer la radio, la voix de Luis Mariano qui exaspérait tant mon père

Non, papa !

sa main lâchait la mienne avant même qu'il ne se fût écoulé une minute, et avec rage il fonçait sur le poste et l'éteignait

Laisse ce poste allumé

Tu as tout le temps d'écouter ton Mariano quand je ne suis pas là

Laisse ce poste allumé

mon père reprenait sa place devant la vitre, les yeux fixés je ne sais trop où puisque je suis bien sûr qu'il n'y avait rien à voir. Une nouvelle fois, et mon cœur aussitôt s'affolait, j'entendais claquer les mules de ma mère, un, deux, trois, quatre pas que rien n'eût arrêté, une nouvelle fois retentissait la voix de Luis Mariano, plus conquérante que jamais

Non, papa !

mais il ne m'entendait plus.

La queue en l'air, le chat vient tourner autour de mes jambes. Il frotte son poil contre mon short, rêve de caresses que je n'ai pas envie de lui faire. Lassé, il s'éloigne, grimpe sur la chaise, s'installe pattes repliées et paupières entre-closes. Il y a du sang collé à son museau.

L'herbe calcinée, le toit fumant, cette incandescence du ciel à l'apogée de son rayonnement, rien ne m'apaise. Pour mon cœur qui ne bat qu'à seule fin d'irrigation, c'est une heure lourde à vivre. Tout vacille dans la chaleur de l'été, tout se fluidifie, tout brûle les doigts ou les inonde d'une sueur funeste.

De colère je me lève, tape sur le chat qui s'enfuit en miaulant, traverse la cour, entre dans le poulailler et réveille les poules, leur donne la chasse avec mes pieds. Ça glousse, ça caquète, ça piaille, ça me fuit à grands coups d'ailes réprobatrices. Volaille du diable.

Ensuite je me perds à défier la terre morte du pré, sa lumière plâtreuse qui entre par la bouche, les narines et les oreilles pour me plomber la tête, de désespoir me réfugie dans la cabane, et sous le toit plein de trous pleure sans raison.

Mon grand-père est en maillot de corps, les bras, le cou et le front cuits. Des bretelles retiennent son pantalon de toile usé aux genoux.

C'est le soir, un de ces soirs d'été où le ciel semble soudain s'élargir à l'infini, tout piaillant d'hirondelles et de martinets, et brasillant encore aux confins d'un ouest ouvert comme un four.

J'empoigne la guillotine.

— Papé ! Je suis prêt !

Au coup de sifflet je tire sur la poignée et l'eau s'engouffre dans la rigole. Je la suis en courant, sautant et ressautant l'obstacle, jusqu'à ce qu'elle entre au jardin et que mon grand-père l'accueille d'un coup de pelle.

Il crache dans ses paumes, se met au travail, conduit l'eau entre les plants de tomates. Je l'aide comme je peux, patauge pieds nus dans la boue, caresse la rondeur des fruits encore verts, redresse les feuilles qui s'étiolent. Ça fait rire mon grand-père.

— Tu es bien de la ville, toi.

Une pelletée de terre détourne l'eau vers les salades, les radis, les oignons, les haricots. Des bruits de succion l'accompagnent, comme si mille bouches dans les profondeurs du sol attendaient sa venue pour se désaltérer. Des odeurs puissantes s'élèvent et se mêlent, soûlent les mouches, font fuir les sauterelles.

— C'est fini, Papé ?

— Laisse faire la terre. Il lui faut du temps.

Je vais m'asseoir sur une pierre, dans l'alignement des salades. Je voudrais qu'il me fasse un clin d'œil, qu'il cale sa main sur mon épaule, mais il n'a pas le temps, il pense à autre chose, à bien faire boire ses laitues, ses batavias, ses haricots, à nourrir son cochon et ses vaches, à soigner ses cerisiers. C'est toute sa vie.

— Papé, est-ce que tu m'aimes ?

Il s'arrête, s'appuie sur le manche de la pelle.

— Qu'est-ce que tu me dis ?

— Je te demande si tu m'aimes vraiment.

Ses yeux se posent sur moi et ne me quittent plus. D'où je suis je le vois plus grand qu'il n'est, presque un géant contre le ciel qui s'éteint.

— Alors ?

— Bien sûr que je t'aime vraiment.

— Plus que tes salades ou que Marguerite ?

— Ça ne se compare pas. Tu es mon fils, la chair de ma chair.

— Mais tu n'es pas mon père.

— Non, je ne suis pas ton père. Mais c'est pareil, tu comprends ? C'est presque pareil.

Il ne se remet pas au travail. Il m'observe. Des mouches se posent sur son front, sans qu'il pense à les chasser.

Je préfère qu'il ne parle pas, je comprends mieux ce qu'il veut me dire. À mon âge je suis déjà soûlé de la parole adulte.

Un jour que je pêche au bord du ruisseau, j'entends des pas derrière moi. C'est Annie.

— Qu'est-ce que tu viens faire ?

— Te regarder pêcher.

— Le poisson n'aime pas les filles.

— De toute façon tu ne prends rien.

Je préfère me taire et reporter mon attention sur le bouchon de ma canne à pêche. Annie s'allonge à côté de moi, fourre dans sa bouche une herbe tendre qu'elle mâchonne en fredonnant un air.

— Tais-toi.

Elle ferme les yeux et soupire. Je ne l'entends plus. Je passe une heure à ne rien faire. La chaleur est si lourde qu'aucun poisson ne se risque à troubler les profondeurs du ruisseau. Dans l'air, des mouches bleues ne cessent d'inventer des trajectoires rageuses, énervées par mon bras qui les chasse sans répit.

J'ai oublié Annie. Je tourne la tête, croyant qu'elle dort. Mais elle ne dort pas. Il suffit que je la regarde pour qu'elle ouvre aussitôt les yeux et me sourie.

— Tu as envie de manger des cerises ?

— Oui.

— Alors viens.

J'abandonne ma canne à pêche et remonte le pré en courant. Annie me suit sans rien dire. Il faut passer entre des cyprès qui forment comme un mur, tant ils sont les uns sur les autres. Les cerisiers sont de l'autre côté, rouges de fruits.

Il y a un temps où mon grand-père allait vendre au marché des pleins paniers de bigarreaux, de cœurs de pigeon, de marasques. On les lui achetait cher ; elles étaient fameuses, paraît-il. À présent il les laisse aux oiseaux.

Annie grimpe à l'échelle qui mène aux branches hautes, là où les cerises lui paraissent plus grosses, plus noires et juteuses. J'attends au pied de l'arbre ; je voudrais regarder ailleurs mais je ne peux pas. Une inexplicable curiosité m'oblige à revenir près de l'échelle, à lever la tête, à suivre sous la jupe de fille qui s'évase la forme et la couleur des chairs inconnues qu'une culotte cache à demi. Je crois que j'ai le feu aux joues.

Là-haut Annie mange. Quand elle a dans la bouche trop de noyaux, elle les crache et ils tombent en pluie sur les feuilles.

— Tu en veux ?

Elle me fixe, tout auréolée de la lumière verte de l'arbre, la bouche et les doigts cramoisis. Elle se cambre en riant, fière de l'attention que je lui porte.

— Tiens.

Elle me lance une poignée de cerises que je n'attrape pas. Je ne vois que ses cuisses, la sombre blancheur de la culotte, tout au fond. Et le désir d'aller toucher ce que je vois rend cette fille sûre d'elle, inexplicablement triomphante à la cime du cerisier qui la couronne.

Je jette les fourmis dans les toiles d'araignée tendues comme des pièges. Je donne les araignées aux lézards qui les avalent. Je capture les lézards pour que le chat s'en amuse. Il y a des jours où je tuerais le chat à coups de pied.

Au mur de la cuisine j'ai collé la carte du Tour de France. J'épingle un drapeau tricolore à l'arrivée de chaque étape.

Les coudes sur la table, mon grand-père et moi écoutons le récit des exploits de Bahamontès dans les cols des Pyrénées. Il fait si chaud que nous avons du mal à garder les yeux ouverts. Souvent mon grand-père s'endort avant que les coureurs ne franchissent la ligne.

Je note sur un cahier le classement de l'étape, le temps du vainqueur et les retards de ses poursuivants. Ensuite, dans une autre colonne j'inscris les noms des dix premiers du classement général.

Dehors la lumière ploie sous la contrainte du soir, en vient à s'accorder avec les arbres, les champs, les oiseaux de tout plumage. J'écris dans cette réconciliation, avec l'encre bleue et le porte-plume, les bras collés à la toile cirée, un cahier d'écolier transformé en journal du Tour de France.

J'entends les poules qui caquètent, impatientes de me voir jeter le grain qui leur est dû, l'incessant raffut des cigales que rien ne fait taire, une sorte de combustion sourde des choses livrées aux ardeurs du soleil, et tous ces bruits mêlés à la respiration sibilante de mon grand-père, affaissé sur ses bras comme un homme mort, me soûlent d'une autre façon.

Rien ne va plus, l'ivresse d'une rage sans objet m'envahit et tourne en moi comme un bourdon empiégé donnant de la tête contre les murs.

Nous nous levons tôt. C'est à peine si le point du jour est à son horizon.

Mon grand-père me réveille en me chatouillant les pieds. Je m'habille, agité par la fièvre des grands jours. Il faudrait que je me lave mais je n'en ai pas le temps. Je dégringole les marches de l'escalier, arrive dans la cuisine alors que tout est prêt, le bol et le Banania, les tartines beurrées ; sans avoir faim je mords dans une tartine, avale le chocolat, lace mes chaussures, et me donne un coup de peigne.

— Il faut être présentable, dit mon grand-père.

Nous nous lançons dans le chemin alors qu'alentour sort de l'ombre le paysage familier, encore tendre à l'œil, adouci par quelque substance des ténèbres dont le soleil annulera bientôt l'effet. Nos pas sonnent dur contre la terre assoiffée. À notre passage s'élèvent des nichées d'oiseaux qui vont se perdre au ciel immense de cette aube.

À la ferme des Rigaut où nous allons, c'est jour de batteuse.

La machine est au milieu de la cour. Auréolée d'une poussière blonde et travaillée par le bruit assourdissant d'un moteur. Au soleil les hommes ont chaud, je les regarde s'activer, porter les sacs, engranger la paille. Sous un platane une table est dressée pour le repas du soir.

Garçons et filles nous courons de la grange aux cuisines, excités par la promesse d'une nuit de fête que les femmes préparent devant des fourneaux surchargés. Nous volons dans les plats des rondelles de saucisson, des parts de gâteaux, nous demandons à boire de la limonade. Nous voudrions être utiles à quelque chose, mais nous ne savons rien faire.

Ces femmes rieuses et grasses, qui ont les mains dans la volaille, nous chassent à coups de torchon sans réussir à en éloigner un seul de ce qui le tente.

Et puis avec la nuit qui s'abat, avec la batteuse qui se tait et la sueur des hommes qui sèche sous les étoiles, avec l'eau dont on s'asperge le visage et les bras, avec la parole qui revient autour des lanternes, j'entre dans la fête.

Les faitouts, les casseroles, les plats sortent de la cuisine, tout grésillant du feu des fourneaux. Le vin qui attend sur les tables est versé dans les verres, bu d'un trait en bravant le ciel.

Je mange à la table des enfants, mais je n'ai d'yeux que pour les hommes et les femmes de l'autre table, pris dans une lumière d'insectes et qu'emporte l'ivresse du repas. Ils rient, s'étouffent, se lancent des œillades ; et par le vin délivrés chahutent plus que nous, enfants qui n'avons d'autre ressource que l'imitation de leur joie, enfants crédules que ce jeu lasse.

Un homme se glisse entre les battants d'une porte et l'idée me vient de le suivre. Je quitte la table, pénètre à pas de loup l'odeur de farine et de paille chaude de la grange, bute contre les sacs de blé. Je ne distingue plus rien, et ce soudain aveuglement me fait battre le cœur. Où est passé l'homme ?

Il me faut du temps avant de percevoir le murmure de deux voix au fond de la grange. Je m'avance en tâtonnant, guidé par les sacs alignés le long du mur, m'arrête au moment où je sens que trois autres pas me suffiraient pour toucher l'homme et la femme qui se parlent. J'entends le travail de leurs mains, ce qu'elles caressent, ce qu'elles froissent, ce qu'elles vont toucher au plus intime du corps de l'autre, j'entends les souffles qui s'épuisent, les gémissements, l'impatience, j'entends le trémolo des voix qui donnent des noms au désir, à la chair que les ténèbres me dérobent. Je sais ce qu'ils sont en train de faire, je ne le sais que trop

Non, papa !

il se précipitait, prenait le poste dans ses bras, ouvrait la porte-fenêtre et le jetait dans le jardin

Va l'écouter dehors

pendant que ma mère le bousculait en hurlant, allait sous la pluie récupérer le poste muet

Tu vas me le payer

elle n'avait pas le temps de revenir, mon père avait déjà fermé la porte, alors elle cognait du pied contre les vitres, sa bouche se tordait, se yeux pleuraient de rage

Ouvre-moi, salaud, ouvre-moi

puis elle courait en direction du garage, s'engouffrait sous la porte demeurée ouverte

Bon Dieu

Non, papa !

je regardais mon père qui parlait tout seul, qui ne m'entendait plus, qui ne me voyait plus, mon père qui attendait le retour de ma mère.

La femme pousse un cri. Il y a un bruit d'outils renversés, celui que pourrait faire une pelle contre les griffes d'un râteau. Ensuite c'est un souffle que la nuit ensauvage, la montée bruyante d'une violence qui m'effraie. Je ne comprends pas pourquoi l'homme injurie la femme, et pourquoi elle prend plaisir à l'écouter.

Malgré moi mon cœur se soulève et mes jambes flageolent. Des sanglots me nouent la gorge. Il me faut fuir.

Je me retourne, vois le rai de lumière que dessine la porte entrebâillée, y cours sans précaution alors que l'homme jure derrière moi. Je sors, abandonnant aux enfers les ténèbres coagulées de la grange. Dehors tout est à sa place : l'ardeur du ciel travaillé de motifs étoilés, l'ascension d'un quartier de lune, la table de fête d'où s'échappent les premiers chants, la maison elle-même qui s'appuie de tout son poids contre la terre.

Mais rien n'arrête mes tremblements.

À la table des enfants je mange une part de gâteau aux pruneaux. Je n'ai plus envie de m'amuser et donne des coups de cuillère à ceux qui ne se tiennent pas tranquilles.

Je me sens seul.

Là-bas mon grand-père boit continûment le vin qui le fait parler et rire.

Il faudrait que ma mère me prenne dans ses bras.

Nous rentrons par le même chemin, lourds de ce que nous avons mangé, traînant nos ombres derrière nous comme des fantômes domestiques. La lune nous frappe en plein front, limpide et crue dans la brise chaude qui se lève et secoue les arbousiers, les chênes nains, le silence endormi des bois aux mugissements d'étrave.

— Es-tu content ? demande mon grand-père.

Dans ma main sa main cherche un réconfort.

— J'ai sommeil, grand-père.

Il me dit que lui aussi est fatigué, qu'il a les chevilles enflées, le dos qui lui fait mal.

— Veux-tu qu'on s'arrête ?

Son corps se dresse comme un fût au milieu du chemin alors que le vent chahute ses rares cheveux gris. Il s'immobilise, lâche ma main, on dirait que le vent est sur le point de le déraciner.

Je secoue la tête. Il faudrait que ma mère me prenne dans ses bras.

Nous descendons dans le fossé, là où le vent n'a pas de prise, et chacun se cherche une place confortable entre les pierres. J'enfouis mon visage dans les plis de sa veste et ses bras de vieil homme se referment sur moi.

J'entends les palpitations de son cœur. Elles me dérangent d'abord, et je les fuis, logeant ma tête au creux de son ventre. Puis je reviens coller mon oreille à sa poitrine, et pour oublier me force à compter chaque pulsation jusqu'à ce que les chiffres s'embrouillent sur ma langue, et que le vent qui passe au-dessus de nous, l'haleine de mon grand-père assoupi, le chant d'un rossignol et le froissement des feuilles, tout se mélange dans ma tête, la chavire et l'endorme.

Non, papa !

ma mère entrait en poussant la porte du pied, elle tenait encore le poste dans ses mains

J'écouterai la radio, je te jure que j'écouterai cette putain de radio, que tu le veuilles ou non

elle était trempée, ses cheveux collés à son visage lui donnaient une allure de sorcière, elle jetait un œil au miroir avant de remettre le poste sur le guéridon, là où était sa place, entre le buffet et la plante en pot qui me dominait d'un bon mètre

Je te jure que j'écouterai cette putain de radio

elle le branchait sur la prise multiple, où venaient aboutir les rallonges électriques de deux lampes, tournait le bouton jusqu'au volume maximum, cherchait une station, n'obtenait qu'un grésillement continu, amplifié par le haut-parleur, et qui me terrifiait au point de me laisser croire que la maison entière était prise de convulsions

Non, papa !

il la regardait avec un air de triomphe, croisait les bras sur sa poitrine pendant que je me cramponnais à son pantalon et que je sentais frémir les muscles de ses cuisses

Non, papa !

ma mère pleurait de rage en tapant sur le poste détraqué

Il ne marche plus, il ne marche plus

elle répétait la phrase de plus en plus fort, et bientôt elle la hurlait à pleins poumons, s'arrachant les cheveux et virant comme une toupie au milieu de la pièce

Espèce de salaud

elle attrapait le cendrier en cuivre et le lançait à la tête de mon père qui esquivait le projectile mais ne pouvait éviter qu'il fracassât la vitre de la porte-fenêtre

Espèce de salaud

je hurlais à mon tour, dans le bruit du verre qui éclate et celui du vent qui profitait de la vitre cassée pour entrer avec la pluie et le silence de ce dimanche, jour de repos

Non, papa !

j'étais noyé de larmes, ma bouche était aussi malheureuse que mes yeux parce qu'elle ne trouvait plus rien à dire, les mots ont si peu d'effet

Non, papa !

il dénouait mes bras, se jetait sur elle, la frappait au visage

Papa !

la tête de ma mère se déformait, douloureuse à chacune des gifles, la bouche se tordait, les joues se creusaient de désespoir, jusqu'au moment où tout son corps s'effondrait, gémissant, tuméfié

Maman !

jusqu'au moment où ses pleurs devenaient l'unique plainte de ce jour de repos, quelque chose comme le résidu d'une violence que mes hurlements avaient fait taire

Maman !

je m'allongeais à côté d'elle, approchais mon visage du sien, mêlais mes gémissements à ceux qui sortaient de sa bouche fendue où je voyais avec effroi perler un filet de sang. J'aurais voulu que sa chair se console contre ma chair, que sa bouche s'oublie dans mon cou. Mais elle m'ignorait. Recroquevillée, les mains nouées entre les cuisses, elle était comme un animal en train de mourir

Maman !

et je ne savais rien dire d'autre dans cet instant de presque silence, alors que mon père avait éteint la radio, qu'il se versait un verre de whisky et s'asseyait sur le canapé en lissant ses cheveux derrière ses oreilles. J'aurais voulu qu'il fît comme moi, qu'il s'agenouillât à côté d'elle pour lui demander pardon, et que tous les trois nous nous rassemblions dans une même haleine

Laisse ta mère tranquille

je l'entendais me répéter cette phrase, et moi je secouais la tête et ne lui obéissais pas, bien au contraire resserrais mon étreinte autour des épaules de ma mère

Maman !

Laisse ta mère tranquille

Maman !

et comme il n'y avait pas de mots pour lui dire

de prendre ma place et de faire avec ses bras ce que je faisais avec les miens, je me contentais de demeurer dans cette étreinte et de regarder par la fenêtre le jardin noyé de pluie, le ciel sans échappée et le toit des autres maisons où je savais que des enfants s'amusaient avec leurs jouets, tendaient leurs fronts à des parents qui s'empressaient de les couvrir de baisers. Je n'arrivais pas à comprendre pourquoi on me privait de ces jeux et de ces tendresses, pourquoi on me condamnait à trembler et à pleurer jusqu'à ce que le sommeil voulût bien me soustraire à l'injustice de ce monde, dans mon lit d'enfant seul où les draps étaient bleus

Relève-toi, je ne t'ai pas fait bien mal

la taie jaune, les murs semés de fleurs. J'observais mon père et croyais lui voir des larmes au bord des cils. Peut-être avait-il envie de pleurer

Relève-toi

alors que sur son visage une grande fatigue ternissait la peau de son front, creusait ses joues, mangeait son menton. Il portait le verre à ses lèvres, buvait en renversant la tête en direction du plafond, comme s'il allait s'endormir

Non, papa !

puis il se taisait parce que ma mère rouvrait les yeux et le fixait avec des pupilles de folle

Et ça, ce n'est rien ?

montrant sa lèvre fendue, et se redressant. Elle me repoussait comme si je n'étais pas son enfant, se plantait devant le miroir pour faire le compte des coups, se retournait brusquement

Comment oses-tu me frapper ?

Tu fais toujours des histoires

C'est toi qui découches, pas moi

je restais à proximité de sa jupe qu'une de ses mains lissait machinalement, je sentais que tout pouvait recommencer, qu'elle n'en avait pas fini avec la haine, que c'était même sans fin

Maman, viens avec moi

j'essayais de l'entraîner au premier étage, la tirant par le bras, mais je n'avais que la force d'un enfant, et je m'épuisais vite

Tu crois que je vais me laisser faire

je me cramponnais à sa taille pendant qu'elle se rapprochait de mon père

Tu crois vraiment que je vais me laisser faire

Tu ne vas pas recommencer

Mais rien n'est fini, rien, ce serait trop facile pour toi

elle s'arrêtait contre la table basse, toisait mon père qui se servait un autre whisky, cherchait autour d'elle comme cherche un enfant

Maman, viens

Je vais t'en faire baver

elle penchait la tête, serrait les poings malgré elle, léchait le sang qui perlait à sa lèvre inférieure

Calme-toi, sinon tu vas en recevoir une autre

un silence les gardait un temps sur la défensive, un silence qui me serrait le cœur et le ventre, nouait ma gorge, oh mon Dieu

Non, papa !

un silence que rien ne troublait sinon le vent et la continuelle prière funeste de la pluie qui entraient de concert par le trou béant de la vitre brisée

Non, papa !

effrayé, je m'accrochais aux jambes de mon père, mais il était trop tard

Tu crois me faire peur

ma mère avait déjà pris le verre, bu une gorgée de whisky et jeté le reste au visage de mon père. Il se dressait, rouge et les yeux fous à son tour, la prenait par les épaules alors qu'elle le griffait

Non, papa !

l'envoyait rouler contre la plante qui se renversait sur elle

Regarde dans quel état est le gosse, tu ne peux pas te calmer

je hurlais à nouveau, anéanti par la peur, courant de l'un à l'autre, essayant d'attendrir ma mère qui hurlait aussi fort que moi

Je vais te tuer, salaud ! Je vais te tuer

essuyant le sang de sa lèvre rouverte, battant des membres pour s'extraire du fouillis de branches et de feuilles

Je vais te tuer

je courais rejoindre mon père échevelé et fou, soufflant comme une forge

Non, papa !

et ma mère filait dans la cuisine, revenait avec un couteau à viande dans son poing, méconnaissable tant la rage déformait son visage

Je vais te tuer

Maman !

mon père reculait jusqu'à la fenêtre, son visage blanchissait, ses yeux ne quittaient pas les yeux de ma mère

Lâche ce couteau

il tendait les bras devant lui, ouvrait les mains

Lâche ce couteau

ma mère avançait avec un air de triomphe pendant que je hurlais agrippé à sa jupe

Je vais te tuer

et elle se ruait sur lui, le couteau dressé. Mon père criait à son tour, évitait les coups jusqu'à ce que la lame lui entaillât le poignet et qu'il vît son propre sang couler. Alors il l'attrapait à bras le corps, tombait avec elle sur la moquette, cherchait à l'étrangler, ses grosses mains d'homme serrant le cou offert, serrant, serrant, et ses yeux fixant la bouche qui s'ouvrait, le visage asphyxié où perçaient les veines, jusqu'au moment où ma mère trouvait la force de planter le couteau dans la cuisse de mon père. Il y avait un cri, et puis le silence revenait avec le vent et la pluie, paralysait la maison entière, refermait les bouches sur les poitrines en feu, pesait sur les cœurs, donnait envie de vomir. Dans la pièce dévastée je ne voyais plus que le manche du couteau et je croyais que mon père allait mourir. Mais je n'avais pas de peine, je ne pleurais pas, je ne sentais plus rien

Mathieu, viens avec moi

ma mère me prenait dans ses bras, m'emportait, traversait le couloir, entrait dans le garage, ouvrait la porte de la voiture, m'installait sur le siège

Ne bouge pas, je reviens

je regardais devant moi sans rien voir, je n'avais pas de peine, je ne pleurais pas, je ne sentais plus rien, le silence de la maison me pénétrait la chair et les os, me glaçait le sang, j'avais froid

On y va

ma mère jetait un sac à l'arrière de la voiture, s'asseyait au volant, démarrait. J'avais froid, je claquais des dents comme si j'étais malade et que j'avais une fièvre de cheval. Je fermais les yeux, les rouvrais de temps à autre, et sur mes yeux ouverts s'inscrivaient les fenêtres des maisons qui s'allumaient une à une, la théorie des lampadaires et la nuit sans étoiles qui tombait du ciel comme une malédiction.

Les nuages viennent avec l'automne.

Un matin mon grand-père entre dans la chambre, me secoue l'épaule.

— C'est l'heure.

Je me dresse et comprends qu'il me faut retourner à l'école.

Sous les ramures roussies des châtaigniers j'engage mon vélo, descends jusqu'à la route, pédale sans entrain. Au croisement Parrot n'est pas là.

J'ai du mal à rejoindre le collège.

Et la cloche retentit au moment où je franchis la grille. Dans le rang, j'attends d'être appelé pour gagner ma classe. C'est un étage au-dessus : la quatrième A2. Je m'assois au fond de la salle, seul à une table où sont gravés en bataille des chiffres et des mots. J'ai envie de pleurer tant l'odeur des prés me manque.

Un nouveau maître nous enseigne les mathématiques, il est jeune, il nous observe derrière ses lunettes comme si nous étions des animaux. Puis il donne un coup sur le bureau avec sa règle en fer.

— Toi !

Il montre le fond de la classe. Je crois que c'est à moi qu'il en veut.

— Moi ?

— Oui, toi ; viens t'installer au premier rang.

— Je préfère rester au fond. Je comprendrai mieux ce que vous dites.

La classe éclate de rire, et le maître frappe le bureau en rougissant.

— Faut-il que j'aille te chercher par la peau du cou ?

Les bras croisés, je ne bouge pas, contemple par la fenêtre l'état du ciel ; il est de la couleur de nos blouses, un gris de rigueur pour ce jour de rentrée.

Je suis sauvé par l'arrivée du père Tronc. Il se plante au milieu de l'estrade, montre ainsi les plis de sa soutane neuve. Pour une fois il hésite à parler, manifeste de l'embarras derrière sa barbe et son livre de messe.

— Écoutez-moi. Vous n'êtes pas bien vieux, et pourtant je crois qu'il y a des vérités que vous pouvez entendre et qu'il est de mon devoir de vous dire. Parrot, le jeune Parrot qui était votre camarade, est mort cet été dans un accident de la route. Prions pour lui.

Les mains jointes nous nous inclinons tous. Seul et têtu, je me crois obligé de penser à autre chose.

Moi aussi je voudrais mourir.

Échapper à ce que j'ai vécu, tourner le dos à ce que la

vie me réserve.

Sur le chemin du retour, en ce premier jour d'école, je roule à gauche, les dents serrées, avec la rage de ne pas céder à la peur d'être heurté par un véhicule. Je transpire, et des larmes inondent malgré moi mes joues.

Lorsqu'une voiture se présente, c'est dans une ligne droite. J'appuie plus fort sur les pédales, rentre la tête dans les épaules. Bien qu'il soit encore loin de moi le chauffeur perd vite patience, je l'entends klaxonner, ralentir pendant que je fonce sur lui. Il m'évite en donnant un coup de volant qui entraîne la voiture sur l'autre voie. Partagé entre la stupéfaction et la colère, il ne se décide à m'insulter qu'au moment où je disparais derrière le bois de pins.

J'arrive au croisement hors d'haleine. J'abandonne le vélo et m'allonge dans l'herbe, près de m'évanouir. Je garde les yeux grands ouverts sur le ciel gris, la forme figée qu'il impose à mon cœur malmené. Je voudrais un coin de ciel bleu, une pointe de mistral, je ne sais pas, au moins que quelque chose bouge et me fasse signe.

Moi aussi j'ai envie de mourir. Moi aussi. Je le crie jusqu'à ce que je n'en puisse plus.

Il pleut. Les feuilles mortes ont des lubies d'hirondelles. Et les vaches regardent verdir les prés. Je n'ai pas revu ma mère.

Bottes aux pieds, nous sortons donner à manger aux poules qui s'impatientent et le font savoir en grinçant du bec. Je plonge la main dans mon seau, lance les graines à la volée, pendant que mon grand-père entre dans le poulailler et récupère les œufs.

Ensuite nous allons voir le cochon. Il est gros, fatigué par des kilos de graisse superflus.

— Nous le tuerons en novembre, dit mon grand-père.

— Tant mieux.

Nous lui donnons un plein seau d'une bouillie de pommes de terre et de pain rassis. Autour de nous la nuit tombe et se mêle au brouillard. Je regarde bâfrer ce cochon sans soucis, fourré jusqu'aux oreilles dans sa soupe. Je n'ai pas revu ma mère.

Déjà nos haleines dessinent des choux-fleurs au-devant de nos bouches. Je m'en amuse en suivant le pas traînant de mon grand-père qui traverse la cour, son seau vide à la main, marmonnant pour lui seul de sombres paroles. L'ampoule pendue au-dessus de la porte allonge démesurément nos ombres.

J'allume le feu pendant qu'il prépare notre repas. Mais lorsque la radio présente son journal d'information, il faut abandonner ce qu'on est en train de faire, s'asseoir à la table et écouter. C'est la guerre en Algérie, les bombes qui explosent dans les villes et qui tuent sans distinction hommes, femmes et enfants, les combats de l'armée française contre les fellaghas, c'est la guerre qui recommence.

— Nom de Dieu ! jure mon grand-père en frappant la table du poing.

— Si j'avais l'âge, j'irais là-bas faire le soldat.

— Ah, sûrement pas ! rugit-il.

Il vaut mieux ne pas insister. Je baisse la tête, joue avec mes mains pendant que le journaliste termine le récit des événements.

Ce n'est qu'après la fin du journal que mon grand-père retourne à ses casseroles et qu'il m'est permis de mettre la table, de poser sur la toile cirée assiettes, cuillères et couteaux, l'eau et la bouteille de vin, le gros pain entamé.

Nous mangeons en regardant le feu, porte et fenêtres closes, dans le silence humide d'une nuit d'automne, veillés par l'ampoule qui tombe nue du plafond. Au mur l'horloge a repris le compte des heures, à présent que les cigales et les martinets se sont tus ; c'est un lent battement qui nous entraîne, nous recouvre et nous obscurcit, préparant déjà nos échines aux rigueurs de l'hiver.

— Qu'est-ce qu'elle fait ?

— Qui ?

— Maman.

— Je n'ai pas de nouvelles. Mais ne sois pas inquiet, elle pense à toi.

— Je m'en fous qu'elle pense à moi.

Mon grand-père me prend par le cou. Il ne sait pas quoi dire, ses yeux se détournent, sa bouche se ferme. Puis avec son couteau il pèle une pomme, la coupe en quartiers, me l'offre.

Tard dans la nuit, alors que vingt fois j'ai changé de position sous la couette qui m'étouffe, j'entends mon grand-père se lever. Il tousse, il respire mal dans l'escalier qui le ramène à la cuisine. J'en profite pour le rejoindre, pieds nus, les cheveux en bataille.

— Pourquoi es-tu debout ? demande mon grand-père en avalant deux comprimés avec un verre d'eau.

— Je n'arrive pas à dormir.

Je saisis une chaise et m'installe au plus près du feu, dans la tiédeur des braises.

Les coudes sur la table, la tête prise dans les mains, mon grand-père tente de retrouver son souffle.

— Qu'est-ce que tu as ?

— Ce n'est rien. Ça va passer.

Il fait tant d'efforts pour donner de l'air à ses poumons qu'on dirait qu'il va mourir.

Il y a des jours où j'ai envie de fuir. De courir la campagne jusqu'à la ville, d'aller sonner à la porte de l'appartement de ma mère.

Nous avons reçu une lettre. Elle vient d'Espagne ; de Ronda prétend mon grand-père, après avoir déchiffré à la loupe le cachet de la poste. Ma mère y raconte son voyage, et à la fin, dans le maigre espace qui lui reste, elle nous embrasse et espère venir nous voir à Noël.

Voilà ce que je voudrais faire. Sonner à la porte de l'appartement de ma mère et y demeurer jusqu'à ce qu'elle revienne. Peut-être les voisins me nourriraient-ils, peut-être me laisseraient-ils crever de faim.

À la Toussaint nous tuons le cochon. Il a suffisamment engraissé.

Le matin, j'ai à peine sorti les jambes du lit que je suis déjà en train d'enfiler mes bottes. Je sors, lutte contre le mistral, m'arrête devant la soue. Il est encore à l'intérieur, craignant l'air vif il préfère se vautrer dans la paille fangeuse qui le tient au chaud. Je l'appelle.

Il montre son groin et ses yeux enfouis dans le gras de la peau. Ma présence le décide à quitter son abri, il fait trois pas dans la boue, cherche ce que j'ai apporté, un seau, quelque chose, mais il n'y a rien. Il vient vers moi, fourre le groin dans le grillage, me renifle. Je lui donne un coup de poing.

— On va te tuer, cochon.

Il me lorgne sans comprendre. Son ventre traîne entre ses pattes, son poil est sale et sent l'urine.

Et puis j'entends les sabots de mon grand-père, leur façon de sonner clair sur les pierres, avant qu'il passe l'angle de la grange et me rejoigne. Avec lui il y a un autre homme et deux femmes.

— Salut, Mathieu, dit l'homme en me pinçant le cou.

Les femmes se penchent sur mes joues.

— Alors, c'est le grand jour pour toi ?

— Peut-être qu'il n'a pas envie de savoir comment ça se tue, un cochon.

— Peut-être qu'il ne s'intéresse qu'aux saucissons.

— Si, j'ai envie de savoir.

— Et tout ce sang, ça ne va pas te faire peur ?

— Non.

Ils regardent en souriant les plis têtus de mon visage et l'éclat de mes pupilles. Puis ils sortent le cochon et le poussent jusqu'à l'entrée de la grange. À l'intérieur il y a un autre homme qui aiguise des couteaux.

— On peut y aller ?

— Je suis prêt, dit l'homme aux couteaux en souriant.

Et le cochon commence à hurler, à ruer pendant qu'on lui attache les pattes arrière. Un cri térébrant emplit la grange et ne s'arrête plus, entre dans les oreilles, donne des frissons comme une plainte humaine.

Mon grand-père passe la corde par-dessus une poutre. À trois ils hissent le cochon, tête en bas. Une femme pose une bassine sous l'animal. Il me semble que le cri est encore plus désespéré, plus insupportable. Mais je ne fais aucun geste pour me soustraire à ce cri, comme le font les femmes, doigts dans le trou des oreilles, qui s'échangent coups de coude et grimaces, et qui rient.

La lame du couteau est longue. Elle brille entre les mains de l'homme qui en éprouve le fil. Satisfait, il l'enfonce dans le cou du cochon, la retire. Un sang frais, rouge à faire peur, s'échappe de la gorge et coule dans la bassine.

La plainte aussitôt s'étrangle et meurt.

— Allons boire un coup, dit mon grand-père.

Je suis seul face au cochon qui saigne. Il n'est pas encore mort, je le sais. Son corps a de violentes contractions qui font gicler le sang hors de la bassine.

Je m'empare du couteau, le plonge dans la plaie jusqu'au manche, et malgré les soubresauts le tiens ferme pendant longtemps.

J'ai les mains pleines de sang.

Le cochon est lavé à l'eau chaude, sa peau grattée avec force pour en retirer le poil. Ce n'est plus qu'un animal mort, quelque chose qui ne sert à rien, sinon à nourrir les hommes.

Je suis assis sur une botte de paille, le chat sur mes genoux. Il y a dans l'air une odeur fade de sang et de chair morte, à laquelle je n'échappe qu'en enfouissant le nez entre les pattes du chat, dans la fourrure tendre de son ventre. Par la porte entrent les réclamations des corbeaux colériques, qui donnent de grands coups d'ailes aux alentours de la grange, avec l'espoir que quelque organe leur sera abandonné.

— Alors, Mathieu, ça t'a plu ?

— Oui.

— Ce n'était rien. À présent le vrai travail commence.

L'homme examine ses couteaux, il en choisit un pour ouvrir le ventre du cochon, sortir les viscères

Où on va, Maman ?

elle ne répondait pas, les mains sur le volant elle fixait la route, ralentissait aux croisements, changeait de vitesse, repartait en accélérant brutalement. Bientôt la voiture roulait sur l'autoroute ; les maisons, les immeubles s'éloignaient, la ville entière disparaissait derrière nous

Où on va, Maman ?

en pointant le menton elle montrait les ténèbres qui se dressaient à l'avant de la voiture, puis elle m'attirait contre elle, me serrait sur sa poitrine pendant que je suivais la progression de l'aiguille qui dépassait le chiffre cent sur le compteur de vitesse

Il va mourir, Papa ?

Mais non, on va lui mettre un pansement autour de la cuisse, et puis ce sera fini

Tu crois ?

Oui, ne t'inquiète pas

parce que la voiture roulait de plus en plus vite, parce que l'air sifflait aux angles de la carrosserie, parce qu'il pleuvait à nouveau et que la monotonie des essuie-glace donnait envie d'oublier, je fermais les yeux, me délivrais de la peur, m'abandonnais à ce sommeil d'enfant qui était mon seul bien.

Le couteau découpe la viande, la partage, et l'homme me regarde chaque fois qu'il le peut, arrêtant son travail pour me sourire et m'encourager. Il trouve que je suis devenu bien pâle, et il me conseille d'aller jouer dehors. Mais je n'en ai pas envie. Je préfère grimper à l'échelle et sauter dans le foin, rejoindre des hauteurs connues de moi seul, disparaître dans le trou de ma cachette.

Tout ce que je voudrais dire et qui ne peut franchir mes lèvres, je le vomis à ma façon.

J'allonge les jambes, fourre la main dans mon pantalon. Sa chaleur me réconforte. Derrière mes paupières closes je convoque Annie sur la branche du cerisier, son rire, ses œillades malicieuses, et la fourche blonde de ses cuisses.

Je m'ouvre, je me raidis, je me prête aux manœuvres de ma main.

En bas le chat miaule, les hommes se parlent, une femme leur répond en poussant des exclamations.

J'entends qu'on m'appelle.

— Mathieu, on mange.

Et puis c'est le silence, et dans ce silence animal où on m'abandonne, avec la rumination désolée des vaches, l'attente avide des araignées aux orées de leurs toiles, l'odeur écœurante du cochon éventré, dans ce silence qui me poursuit comme une proie, je n'ai d'autre échappatoire que celle de mon sexe dressé.

Plus tard, avec un bouchon de foin, je me nettoie le ventre ; puis me reboutonne, descends et cours jusqu'à la cuisine d'où s'échappe une odeur de boudin grillé.

Le mois de novembre est si froid qu'il nous oblige à prendre nos quartiers d'hiver plus tôt que prévu.

Je retrouve ma place dans le lit de la cuisine, contre le mur huileux ; de nouveau livré à l'odeur d'ail et au ronflement de sanglier. Mais je suis heureux d'abandonner la chambre. J'y dors si mal.

J'ouvre les yeux.

Par les fentes des volets perce un jour aveuglant. Je repousse l'édredon, enjambe mon grand-père, traverse la cuisine et ouvre la porte. La neige me saute au visage.

— Papé, il a neigé ! Viens voir !

Sous le soleil la neige est coupante comme du verre, elle fait mal aux yeux, irrite la chair.

— Papé !

Je laisse la porte ouverte, cours me réfugier sous l'édredon, à l'exacte place qui est la mienne, tiédie par une nuit de sommeil.

— Papé, réveille-toi.

Je pose une main sur son épaule, me penche au-dessus

de lui. Il a les yeux ouverts, il fixe quelque chose au-delà du lit.

— Papé ?

Mais il ne fronce pas les sourcils, il ne remue pas les lèvres, il ne se tourne pas vers moi pour me sourire. Je le tire par un bras, l'oblige à s'allonger sur le dos. Dans la lumière de la neige je découvre une tête de poisson mort.

— Papé ! Papé !

Je le secoue, encore et encore, presse son visage contre moi, colle mes lèvres à ses joues comme s'il était en mon pouvoir d'aller le chercher là où il s'est enfui et de le ramener à la surface de ce jour, de le faire sourire, parler, se lever et préparer le Banania. Enfant, je crois en ce pouvoir ; et quand il me faut admettre que je ne l'ai pas, j'enfouis mon impuissance dans les draps et pleure.

Les larmes versées ne servent à rien. Je les ravale comme je peux, au bout d'une heure sors du lit, enfile mes bottes et un manteau, alors que la cheminée déborde de cendres froides et que l'horloge s'est arrêtée de battre.

La main de mon grand-père n'oubliait jamais de donner au temps sa mesure, une clé servait à la manœuvre deux fois par semaine. Ma main ne sait pas et s'en fout.

Dehors, je m'enfonce dans la neige jusqu'aux genoux, perdu sur des territoires de banquise, uniformément blancs, seul et sans repaire. Je fais une première fois le tour de la ferme, et pris d'une rage soudaine, je continue à tourner, ignorant les protestations du poulailler, celles de l'étable. Je ne nourrirai plus ces bêtes, j'en suis sûr.

Lorsque le froid me brûle les orteils je regagne la cuisine. Rien n'a bougé, mon grand-père scrute toujours les poutres avec des yeux d'agate, le chat a conservé sa place près du visage, promenant une queue duveteuse sur la bouche muette. Je le chasse.

— Fous le camp !

Il saute par terre et je lui donne un coup de pied dans le ventre.

J'allume un feu, m'installe avec des couvertures près de la cheminée. Quand j'ai faim, j'attrape le pain, le saucisson, le fromage, et je mange.

La nuit est longue, coupée de cauchemars.

Je me réveille en haletant : Pourquoi mon grand-père ne m'a-t-il rien dit ? Pourquoi ? Pourquoi ? Devant moi le chat est immobile, tous poils hérissés, l'horloge me défie d'un œil obscur. Je rajoute une bûche dans la cheminée, me frotte les yeux.

Je n'aimerai plus. Je le jure.

Mon grand-père est la dernière personne qui me trahit.

Que la neige tombe et m'ensevelisse, qu'elle m'épargne le monde où rien n'est là pour que je vive heureux. C'est dans cet espoir que je me rendors.

Le lendemain j'entends l'eau couler du toit. La neige fond.

Mes couvertures sur le dos, j'ouvre la porte. Le ciel roule des nuages de pluie. Par plaques, la terre refait surface.

Avec mes bottes et mon manteau, une écharpe autour du cou, je descends le chemin des châtaigniers et rejoins la ferme la plus proche.

— Mathieu, qu'est-ce qui t'arrive ? Entre vite, il fait froid.

Je suis dans une autre cuisine. Un homme et une femme me regardent.

— Mon grand-père est mort.

Je le répète deux fois, et je dis que c'est arrivé hier, dans son sommeil.

La femme me prend dans ses bras.

— Tu vas rester ici, me répond-elle. Il y a un lit pour toi. On va s'occuper de tout.

J'habite deux jours dans cette ferme que je ne connais pas. J'y dors, j'y mange, je joue avec le chien qui a des tendresses pour moi.

À l'homme et à la femme je dis que mon père n'est plus mon père, et que ma mère est en Andalousie. Où exactement ? Je ne sais pas.

Au matin du troisième jour, la femme m'habille avec des vêtements de circonstance. Il y a un grand soleil froid dans le ciel, un vide démesuré entre les choses. Et moi, lavé comme un enfant, peigné comme un enfant, je suis dans ce vide qui n'est pas pour les enfants, adulte avant l'âge, les yeux fripés d'avoir trop pleuré, les joues sevrées de baisers, la bouche blette.

Tous les trois nous allons à l'enterrement. On veut me tenir la main, mais je préfère marcher derrière, en compagnie du chien qui me lèche les doigts.

Dans la cour où j'ai tant joué se tiennent des gens en vêtements de deuil. J'en ai vu certains le jour de batteuse ; la plupart me sont inconnus. Mais tous m'embrassent, tous me recommandent de ne pas pleurer. Face au cercueil qui repose sur la table de la cuisine, je demeure un moment les bras croisés. Une femme m'engage à faire le signe de croix. Je secoue la tête et ne fais rien. Elle me pince le bras.

— Qu'est-ce qu'il a ce garçon ? N'est-il pas chrétien ?

Je quitte brusquement la cuisine, retourne dans cette lumière d'hiver et ce silence d'enterrement qui font la paire, donnant à espérer l'ange et ne montrant que la bête. Je me tiens à l'écart, avec le chien qui vient se frotter dans mes jambes et aboyer. Qu'il aboie ! Qu'il aboie !

Quatre hommes sortent le cercueil. Les gens se taisent, et parce qu'une femme se signe les autres en font autant. Quittant mes jambes, le chien s'enfuit dans la grange.

Derrière la camionnette qui sert de corbillard je marche jusqu'au cimetière, suivi par vingt personnes qui font office de famille, plaignent ma condition avec des mines longues de dix pieds, louvoient entre les larmes et le réconfort du sourire, jouent les tantes et les oncles,

les cousins, les pères, alors qu'ils ne sont rien et que je ne les aimerai jamais. Je marche les bras croisés sur la poitrine, d'un œil surveille la caisse où est le mort, de l'autre constate que les lacets de mes chaussures se défont.

Il y a ce trou où deux hommes descendent le cercueil, cette couronne mortuaire, la poignée de terre qu'on m'oblige à jeter.

Que pourrais-je dire d'autre ?

La nuit venue, je quitte la maison des voisins.

La chambre où je couche est au rez-de-chaussée. J'ouvre la fenêtre, saute dans le carré de lavande. Le chien vient renifler mes mollets pendant que je traverse la cour. Il fait froid, un vent du nord siffle aux oreilles.

Je cours dans l'allée de châtaigniers, arrive essoufflé devant la ferme, ce toit de tuiles et ces quatre murs qui n'abriteront plus rien, plus personne, sinon des colonies de souris en train de grignoter les meubles, les habits, les vieux papiers, et n'épargnant rien, pas même le silence.

La clé est dans le pot de fleurs. J'entre et je rassemble mes affaires, prends l'argent qui est dans le tiroir de la commode. Je fixe le sac sur le porte-bagages de mon vélo. Je suis prêt à partir.

Mais je ne pars pas. Quelque chose me retient, l'envie

de mal faire, l'envie de vengeance, un peu des deux. Assis contre le tronc du tilleul, sous l'enchevêtrement de ses branches nues secouées par le vent, j'essaye de comprendre.

Et je comprends qu'il me plairait de mettre le feu à la grange.

Alors je me lève et je le fais. Avec un journal enflammé. Ensuite je peux enfourcher mon vélo, dévaler la pente, je me sens libéré d'un poids. Je pédale tout mon soûl, poucet rageur filant entre les haies désertes, les rêves de sentinelle des troncs branlants, les soupirs des champs éventrés, l'obscur désir des forêts humides comme des ventres, poucet fauchant l'ombre et la lumière, bravant la lune, sa cohorte d'étoiles, le vent du nord et le gel, je pédale sans que jamais il me vienne l'idée de me retourner.

Je sais que le feu a pris, si bien qu'il est en train de dévorer les poutres, les outils, les vaches, et que tout craque là-dedans, tout meugle et s'affole, je sais que bientôt ce sera le tour des chambres, de la cuisine, des habits, des reliques et du chat, et de mon grand-père, et de sa fille qui a été ma mère, et de mon père que je jetterais volontiers dans le même bûcher si cela était possible.

Mais je pédale sans me retourner.

Dans une heure les flammes seront si hautes qu'il sera possible de les voir de tous les alentours, et on se réveillera, et on poussera les volets et les portes pour regarder le feu, pour s'exclamer, pour montrer du doigt le miel répandu jusqu'au ciel et livrant la nuit aux anges, quel miracle !

La nuit du Jésus ne saurait être plus belle, malgré sa messe de Noël et la sérénade de ses cloches.

Finissons-en.

J'ai pédalé longtemps, et je pédale encore. Sans jamais croire que cela puisse avoir un sens, cesser un jour.

Et maintenant que tout est dit, ne vaut-il pas mieux que je me pende ?

LE CATALOGUE DU TRIPODE

JACQUES ABEILLE
Les Jardins statuaires
Le Veilleur du jour
Les Barbares
La Barbarie
Les Voyages du fils
La Grande Danse
de la réconciliation
Les Mers perdues (avec François Schuiten)
Les Carnets de l'explorateur perdu
La Vie de l'explorateur perdu

ROBERT ALEXIS
L'Homme qui s'aime
Le Majestic

SHOLEM ALEYKHEM
Étoiles vagabondes

MARIO ALONSO
Watergang

BERNARD AMY
L'Alpiniste

SERGIO AQUINDO & PIERRE SENGES
Cendres des hommes et des bulletins

NICOLÁS ARISPE
Le Livre
La Mère et la Mort – Le Départ (avec Laiseca et Chimal)
Le Plus long des chemins

MATHIEU BELEZI
Attaquer la terre et le soleil
Le Petit roi

LÉO BARTHE
Chroniques scandaleuses de Terrèbre
De la vie d'une chienne

STEPHEN BENATAR
La Vie rêvée de Rachel Waring
Daisy, Daisy

KENNETH BERNARD
Extraits des archives du district
La Femme qui pensait être belle

THOMAS BOIS
Cobrastar

BOLL
Le Vaillant Petit Tambour Major
L'affaire est dans le sac en papier
Le Numéro que vous avez demandé n'est plus attribué

ANNA BOULANGER
Birds
L'Absence

CÉCILE BRIAND
Où faire pipi à Paris ?

OLIVIER BRUNEAU
Dirty Sexy Valley
Esther
Pharmakon

STÉPHANE CARLIER
Le Chien de Madame Halberstadt

JOËL CASSÉUS
Crépuscules
Demi-ciel

PIERRE CENDORS
Archives du vent
Vie posthume d'Edward Markham
Silens Moon

BÉRENGÈRE COURNUT
Née contente à Oraibi
Par-delà nos corps
De pierre et d'os
Élise sur les chemins
Zizi cabane

PATRICK DA SILVA
Au cirque
Les Pas d'Odette
et filii

ALEXANDRA DAVID-NEEL
Le Grand Art

THIERRY DECOTTIGNIES
La Fiction Ouest
Fratrie
La Traversée d'un lac

LUCE D'ERAMO
Le Détour

RÉMY DISDÉRO
L'Homme au sexe usuel
Tandis que les pains dorment

DENIS DUBOIS
On the Beach
Zoo
Ecce Homo

BRIGITTE FONTAINE
Paroles d'Évangile
La Vieille prodige
Vers luisants

CÉCILE GAMBINI
Au secours mémé

DAVID GESELSON
Lettres non-écrites

EDWARD GOREY
Les Enfants fichus

Le Couple détestable
Total Zoo
L'Invité douteux
L'Enfant guigne
L'Aile Ouest
La Vague déchaînée
La Harpe hagarde
Le Testament d'Awdrey Gore
Les Jumblies
Le Rapetissement de Treehorn
Le Trésor de Treehorn
Le Souhait de Treehorn (avec Florence P. Heide)
Les Histoires de Donald (avec Peter F. Neumeyer)
Une anthologie

MARC GRACIANO
Johanne
Shamane

EDGAR HILSENRATH
Fuck America
Le Nazi et le Barbier
Nuit
Orgasme à Moscou
Le Conte de la dernière pensée
Le Retour au pays de Jossel Wassermann
Les Aventures de Ruben Jablonski
Terminus Berlin
Nouvelles
Satires

GERMAIN HUBY
Le Bruit des mots

MICHÉA JACOBI
Walking class heroes

JULIA
Roulio fauche le poil

ANDRUS KIVIRÄHK
L'Homme qui savait la langue des serpents
Les Groseilles de novembre
Le Papillon
Les Secrets

SERGE KLIAVING
Hôtel Atlantide
La Maison du Loup

HADRIEN KLENT
Et qu'advienne le chaos
La Grande Panne
Paresse pour tous

MICHAEL KÖHLMEIER
Manger ou être mangé

ISABELLE LOUVIOT & GEORGES PEIGNARD
Élisée Reclus, penser l'humain et la terre

VALÉRIE MANTEAU
Calme et tranquille
Le Sillon

OLIVIER MAK-BOUCHARD
Le Dit du Mistral
Le Temps des Grêlons
La Ballade du Feu

RAPHAËL MELTZ
Urbs
Jeu nouveau
24 fois la vérité

JEAN-PIERRE MINAUDIER
Poésie du gérondif

STANISLAS MOUSSÉ
Longue Vie
Le Fils du roi
Mater

DIDIER PAQUIGNON
Le Coup du lapin
Tout va bien mon lapin ?

JEAN-JACQUES PAUVERT
Sade vivant

GEORGES PEIGNARD
Varlamov
La Fin du cuivre
Fugitive
Magdalene

ANGELO PELLEGRINO
Goliarda Sapienza, telle que je l'ai connue

HUGO PRATT
Voyages avec Rimbaud, Kipling et Baffo
J'avais un rendez-vous

LEYB RASHKIN
Les Gens de Godelbojits

MARIE REDONNET
La Femme au colt 45
Héritières
Trio pour un monde égaré

EMMANUEL RÉGNIEZ
Notre château
Madame Jules
Une fêlure
Au bord du lit

YAK RIVAIS
Aventures du général Francoquin au pays des frères Cyclopus

JACQUES ROUBAUD
Ode à la ligne 29 des autobus parisiens
Tokyo infra-ordinaire

DIMITRI ROUCHON-BORIE
Le Démon de la Colline aux Loups
Ritournelle
Fariboles

LEV RUBINSTEIN
La Cartothèque

MARIE-LUCE RUFFIEUX
Les Jurons

D.A.F. DE SADE
Les 120 Journées de Sodome

JUAN JOSÉ SAER
Glose
L'Ancêtre

Le Fleuve sans rives
L'Enquête
Les Nuages

CHARLOTTE SALOMON
Vie ? ou Théâtre ?

GOLIARDA SAPIENZA
L'Art de la joie
Moi, Jean Gabin
L'Université de Rebibbia
Les Certitudes du doute
Rendez-vous à Positano
Carnets
Lettre ouverte
Ancestrale
Le Fil de midi

FRANÇOIS SZABOWSKI
L'amour est une maladie ordinaire
États d'urgence

MARIE TESTU
Marie-Lou-Le-Monde

ÉTIENNE VERHASSELT
Les Pas perdus
L'Éternité, brève
Après l'éternité

SIGOLÈNE VINSON
Le Caillou

MAROUSSIA VOSSEN
Chris Marker (le livre impossible)

JONATHAN WABLE

Six photos noircies

LOUIS WOLFSON

Ma mère, musicienne...

CHARLES STEVENSON WRIGHT

Le Messager

Les Tifs

FABIENNE YVERT

L'Endiguement des renseignements

Papa part, maman ment, mémé meurt

Télescopages

Sampler

Rose & Madeleine (avec Véronique Vassiliou)

Trois trucs bien

Pourquoi l'horizon ne suit pas la barre tordue du balcon

ALI ZAMIR

Anguille sous roche

Mon Étincelle

Dérangé que je suis

Jouissance

HYAM ZAYTOUN

Vigile

NICOLAS ZEISLER

Beauté du geste

Je dis à qui veut l'entendre que mes parents sont morts. Et pour convaincre les autres je suis prêt à user de mes poings.

Achevé d'imprimer en février 2022
par les imprimeries Corlet.
N° imprimeur : 23010609

ISBN : 978-2-37055-344-7 | Dépôt légal : mars 2023